我的世界 苦力怕上学记

8 交换生

[南非] 格雷森·曼◎著　　[南非] 阿曼达·布莱克◎绘

孙玮◎译

时代出版传媒股份有限公司
安徽科学技术出版社

登场人物

小·苦力怕杰拉德

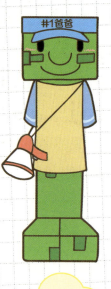

小苦力怕的
爸爸

小苦力怕的
妈妈

僵格

末艾迪

史小木

小苦力怕的
小妹妹

小苦力怕的
双胞胎妹妹

小苦力怕的
姐姐

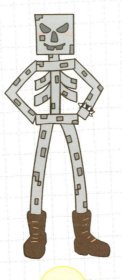

"骨头"

巫柳儿

安德鲁

好玩的校园日记
深刻的成长道理

　　说起苦力怕，家长可能不太清楚，但玩过游戏的孩子们都知道，它是火遍全球的益智游戏《我的世界》里的一种独特的生物，最大的特点是会"爆炸"（注：这是苦力怕的特性，孩子们请勿模仿）。不过它也很憨厚可爱，因而深受孩子们的喜欢。"苦力怕上学记"的小主人公是一个11岁的叫杰拉德的苦力怕，在怪物学校读六年级。与一般的苦力怕不一样，杰拉德不爱"爆炸"，喜欢动脑思考，他用日记的形式记录了自己在学校和家庭的生活。

　　爱思考的小苦力怕，最大的特点是喜欢制订计划。无论遇到什么事情，一旦他下定决心去做，他就会先制订计划，帮助自己实现目标。为了在科学节夺冠，他制订了"30天完成顶级科学发明计划"；为了帮助人类交换生顺利适应怪物学校的生活，他制订了"30天交换生的生存计划"；为了拥有自己梦寐以求的宠物鹦鹉，他制订了"30天拥有一只说唱鹦鹉计划"，打算靠自己的天才点子挣到足够的绿宝石买鹦鹉；为了熬过绝地求生式的夏令营，他制订了"14天夏令营生存计划"……

　　从这些计划中，你能看到小苦力怕天才的想法和独特的思路，从他身上学习解决问题的方法。比如为了买到自己心仪的鹦鹉，小苦力怕想出了一个赚钱的好点子，他请爸爸帮他造了一个销售台，然后和朋友们一起在人流量大的地方摆摊卖东西。虽然在合作过程中大家出现了分歧，也闹得很不愉快，但通过相互理解，小苦力怕和朋友们最后都得到了自己想要的东西。

　　小苦力怕曾在学校遭受过欺凌，所以，为了帮助人类交换生顺利适应怪物学校的生活，他想出了很多办法来帮助人类交换生。然而，人类交换生还是引起了坏蛋"骨头"的注意。小苦力怕知道一直忍让和躲避是不会改善处境的，最后他想到了一个妙计，和朋友们联合起来吓跑了"骨头"。

　　在参加夏令营期间，小苦力怕为了完成魔鬼式训练，制订了"14天夏令营生存计划"。虽然遇到很多困难，但小苦力怕和队友们齐心协力完成了任务。并且，在队友们遇到危险的时候，小苦力怕并没有袖手旁观，而是急中生智救出了队友。

　　幽默的文字，搞笑的漫画，精彩的故事，让孩子们在快乐阅读中，思考很多，收获很多。一位外国家长评论说："撇开《我的世界》来看，'苦力怕上学记'本身就是非常优秀的儿童文学作品。作者紧紧抓住孩子的心理特征，刻画了一个极具魅力的小苦力怕形象。"

　　在国外，这套书也让很多爱玩游戏、不爱看书的孩子喜欢上阅读。兴趣是最好的老师，既然孩子爱玩游戏，家长就可以尝试选择游戏故事书，让他们放下游戏、爱上阅读。而且，不同于别的《我的世界》故事书，"苦力怕上学记"中没有冒险和打斗情节，而是展现了孩子在学校遇到的问题以及处理问题的过程。从这个角度来说，这套书对孩子成长的引导作用，就更直接、更明显了。

我叫小·苦力怕杰拉德，
今年11岁，
在怪物学校上六年级。
我性格温和，不爱"爆炸"，
梦想是成为说唱歌手。
我有时不那么自信、勇敢；
但我做事爱动脑筋，
会为了达成目标制订计划。

第一天：星期二

从小到大，我一直、一直，真的是一直都很想有一个兄弟。

我的小妹妹苦咪出生的时候，我受到了打击，我把自己锁在房间里，整整一个晚上都没踏出房门一步，就连妈妈做的烤猪排和烤土豆都没能让我屈服。对，没错，我就是这么"宁死不屈"。

真是的，我都已经有两个姐妹了，那枚苦力怕蛋怎么可能还会再孵出一只女苦力怕呢？可它就是孵出来了。

我也不想瞒你，我可能掉了那么一两滴眼泪，为我那个被遗失在未知时空里的弟弟，那个我小苦力怕杰拉德再也见不到了的弟弟。

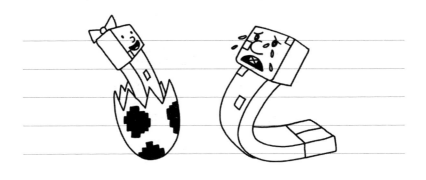

　　然而上个星期，事情居然出现了转机。是这么回事，妈妈忽然决定参加怪物学校交换生计划，也就是说，主世界中的别的学校会有一个怪物到我们家里来住一个月左右。"他可以跟你睡一个房间，杰拉德，"妈妈说，"就跟亲兄弟一样！"

　　我听完妈妈的话，激动得差点跳起舞来。没错，这是一件值得庆祝的事。快到一月了。怪物学校的一月是新学年的开始，所以很快我就可以跟一个"亲兄弟"一起上学了。

我马上就把这件事告诉了我最要好的朋友史莱姆史小·木。像这样的好事，要是自己憋在肚子里，那准会把自己逼疯。

跟史小·木说完，我就开始打扫房间，把我的小·房间从头到尾彻彻底底地打扫了一遍。鱿鱼"黏糊糊"的鱼缸被我挪到五斗橱的边上去了，我还跟"黏糊糊"说，很快，非常非常快，我们就会有一个兄弟了，说不定他还会是一只跟我很像的苦力怕，或者和一年前搬走的好哥们儿苦什很像。

可是，你猜今天一大早，在我家大门口闪亮登场的是谁？是一只像苦什的苦力怕吗？

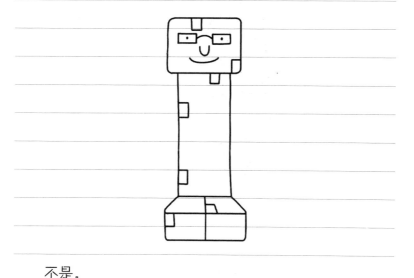

不是。

是一只像史小·木的史莱姆吗?

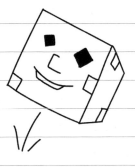

不是。

是一个像学校里最酷的小·孩——末·艾迪的末影人吗?

要酷,
老弟。

也不是。跟他一点儿边都挨不上。

那是僵尸? 女巫? 骷髅? 蜘蛛骑士?

4

都不是。你可以一直猜，就算猜上一整个晚上都绝对猜不中。

妈妈之前就说，这会是一个惊喜。结果，我确实被惊到了。当我打开大门，看见一个人类站在那里的时候，我受到了惊吓。

你没听错，是一个人类！这个小孩长着棕色头发，又瘦又小。他披着披风，背着一个看起来特别沉的包站在我家门口。他那副模样就像一只快被他那背包压扁了的毛毛虫。

我先申明一点：苦力怕不跟人类交往，从不。除了我姐姐苦泰曾经对某个叫史蒂夫的人类一见钟情。那个时候她还化妆、戴假发，把自己搞得跟个人类一样，不过这事儿我们现在已经不说了，至少不会当着爸爸的面说。

然后，我知道了这小孩的名字叫安德鲁，家在人类小镇。你知道那是哪儿吗？我当然知道，去年夏天我们一家人就是在人类小镇迷路的，因为爸爸开着矿车带我们拐错了一个弯。这么跟你说吧，那儿的人类对我们苦力怕一点儿都不友好。

那么妈妈到底为什么会邀请一个人类到我们家里来住呢？既然想到了这个问题，那安德鲁又是为什么会自愿跑来跟一群苦力怕一起住呢？

我还没来得及问，安德鲁就站在门口打起了喷嚏。他一个响亮的喷嚏喷了我一脸鼻涕，妈妈这才想起把他拉进屋里来让他暖和暖和。

可是，安德鲁就算暖和了也还是打喷嚏。事实证明，他打喷嚏其实是因为过敏。我们吃早饭的时候，他一直不停地打喷嚏、擤鼻涕、吸鼻子，真的算是个"鼻涕虫"了。好极了，明天我得带一个大红鼻子去学校。不过大家看到这么恶心的"鼻涕虫"，也许会把他当成僵尸。

此外我还发现，我跟安德鲁没有一丝一毫的共同点。惊不惊喜？意不意外？我有一个姐姐、两个妹妹，而安德鲁却是他家里唯一的孩子（有的人就是运气好）。我喜欢说唱，可安德鲁对音乐不感兴趣。没错，他不喜欢音乐，他喜欢的是一种叫"冰球"的很奇怪的体育活动。他还给我看了他的冰球棍，原来刚才从他的背包里伸出来的就是这个玩意儿。它的头是弯的，像一把折断的木剑。

　　但是我最受不了的还不是这些。我一直都很喜欢吃烤猪排——超级、超级、超级喜欢吃。可安德鲁呢？他居然不喜欢吃烤得焦焦脆脆的猪排。不，应该说，他不喜欢吃任何猪排，什么肉都不喜欢吃，因为他是素食主义者。

我猜想，他爸妈在人类小镇外面有个农场，种有机蔬菜什么的。我一听到安德鲁的嘴发出"素"的那个音，就很想把它"塞"回去。我们家的饭桌上已经听不到"素"这个字了。之前有一段时间，妈妈非要实行"绿色饮食计划"。那会儿她只做甘蓝，别的菜都不做，于是我们全家就只能吃那东西，而且吃了整整一个月！

　　所以，当妈妈在给安德鲁热蘑菇煲的时候，我就在边上拼命夸她今天早上做的烤猪排有多么好吃。我说到猪排的时候，安德鲁皱了一下鼻子，我绝对没看错，不过也有可能他只是在憋喷嚏。

　　妈妈为了让安德鲁住得自在，真的是拼了命。爸爸虽然平时就喜欢说些老掉牙的笑话，但今天说得尤其多，只不过没一个笑话把人逗笑。

　　"苦力怕太太常说，如果生活给了你一堆长毛的蘑菇，那你就把它们炖成一锅蘑菇煲！"爸爸一脸兴致勃勃地说。

　　"长毛的蘑菇？"安德鲁问完又在皱鼻子。

　　"你走了这么远的路肯定累坏了吧，孩子。苦力怕，苦力怕，睡得好，就不怕。人类也一样，闭上小眼睛睡一觉，就什么都不怕了！"

　　"睡觉？在大白天？"安德鲁瞪大了他那双"小眼睛"，问道。

　　我那几个姐妹也没让安德鲁好过。苦泰一直在盘问他家人的情况，她可能希望他有个叫史蒂夫的哥哥吧。而苦咪就这么守在边上盯着安德鲁看，就好像他是一个特别好玩的新玩具。这丫头的心思全在安德鲁身上，一直到我们把这顿饭吃完，她都没发过脾气，简直不可思议。

唯一一个在安德鲁面前表现得还算"正常"（意思是跟她平时一样）的是我的孪生魔头妹妹苦小·帕。我坐在她对面，隔着饭桌都能听到她在咝咝。妈妈咝咝回去，叫她思想开放一点，要学会跟"和我们有点不一样"的生物交朋友。

但苦小·帕并不听这些。这次真是难得，我居然同意她的看法。我的意思是，真不知道妈妈到底是怎么想的，居然邀请安德鲁住到我们家里来。我要怎么带这小·孩去学校上学啊？

我都能预见去怪物学校的时候，这个穿披风的家伙肯定会像跟屁虫一样黏着我。所有的怪物肯定都会一边盯着我们看，一边交头接耳。"骨头"和他那一伙蜘蛛骑士肯定会伸出他们的手指骨，对着我们指指点点。这些蜘蛛骑士最喜欢惹是生非，我一个人想躲开他们都已经很难了，何况带着他。

到了该睡觉的时候，我又遇到了更大的麻烦。安德鲁先把他的冰球棍靠墙放好，接着，他伸手从他的行李箱里掏出了一个东西，差点把我的眼睛闪瞎。那玩意儿应该是他的幸运石头。他管它叫"萤石"，是他爸有一次去下界挖矿

12

的时候带回来的。安德鲁居然还把它放在五斗橱上，放在"黏糊糊"的旁边。

他打算就这么把它放在那儿了？不管白天还是晚上都这么放着？就算是在白天，那东西也亮得跟灯塔似的。苦力怕睡不好还怎么能不怕？

我觉得我应该算是一只很善解人意的苦力怕。我也一直把我的幸运蘑菇化石带在身上。可是，如果有人想闭上眼睛好好睡一觉，我的蘑菇是不会把人家闪到睡不着的，根本没这个可能。

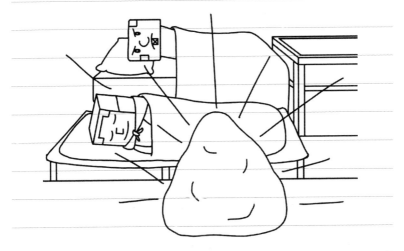

哦，我有没有说过，安德鲁的行李箱占了房间的一半？我本来以为他会把行李箱里的东西都拿出来，然后让爸爸把这个箱子搬到车库去。但他没有这么做。他只是拿出他的萤石，就又把那个箱子锁上了，好像那里面全是偷来的财宝似的。

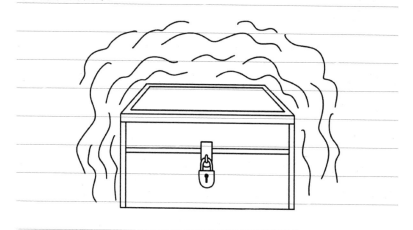

　　难道他以为我会偷看？我可不会。至少，在我听到锁箱子的"咔嗒"声之前，我一点都没想去偷看，但是，在我听到了那一声"咔嗒"声之后，我就一心想去偷看了。锁的作用不就是这样的吗？它的存在就是勾引你去把它打开。

"那箱子里装的是什么？"我装出一副特别淡定的样子，就好像只是随口问了一句。

他擦了一把鼻涕，然后耸耸肩，回答："我爸爸妈妈让我带的东西，没什么的。"

但是，我能从他的语气里听出来，那里面明明就有什么。我是一个相当厉害的侦探，就像侦探小说里的夏洛克·福尔骨头那样。每次我的哥们儿史小木想骗人，哪怕他只是想了想，我都能在三百里外一眼把他看穿。

测谎神探

现在我正努力想睡着，可睡我边上的安德鲁一会儿抽鼻子一会儿哼哼，一刻都没停过。他那块宝贝萤石的光能穿透我的眼皮，刺中我的眼睛。我总忍不住去想锁在那个箱子里的到底是什么。还有最要命的，一想到明天安德鲁要跟我一起去上学，我就开始冒汗。

这感觉好像我又回到了刚进怪物学校的时候。这么跟你说吧，在我的一生里，就那一段经历是我绝对不会想再重来一遍的。那个时候，我还是一个瘦小的六年级学生，我以为自己连第一个月都撑不过去，"骨头"那帮家伙强行给我起了一个绰号——"痒嘻嘻"（因为我有皮肤瘙痒的小毛病），这个绰号就跟长在蘑菇上的毛一样，从此就长在了我的身上。这么一想，"骨头"那帮家伙一定会把安德鲁"生吞"的，然后把我当饭后甜点也"吃"了。

本苦力怕需要制订一个计划：怎么跟一个人类"兄弟"一起活过三十天。幸好，我忠实的日记本现在就压在我的床垫下面，我经常把我的日记本放在这个地方，就是为了应对现在这种情况。所以，我已经在盯着那块萤石，坐等我的天才灵感闪现了。

我得想个办法，让安德鲁看起来正常一点。可能得让他把那披风脱了，还得让他别吸鼻子。

说不定我还能让他看起来更强悍一点，就像蜘蛛骑士一样。他可能不会骑蜘蛛，也不会舞剑，不过他说过，他的冰球棍挥得很不错。

写给自己的备注：去查一下冰球是什么东西，那根冰球棍是武器吗？

也没准儿我运气好，安德鲁的箱子里有很多很多宝石！因为要是他真有，那"骨头"就会跟在他的屁股后面拼命讨好他了，而且所有的怪物都会这样。那么，我作为他的"兄弟"和"经纪人"，就可以靠他的人气发财了。当然了，我也就这么一说……

行了，我觉得我的计划已经有了，让我写下来：

30天交换生的生存计划

- 给安德鲁换个造型
（找苦泰帮忙）。
- 调查清楚他到底对什么
东西过敏，不能再让他
流鼻涕了！
- 调查一下冰球是什么东西。
- 把那个上了锁的箱子弄
开，看看安德鲁到底有
没有钱？

我打心眼儿里希望这计划能顺利执行，因为要是这计划没成功，要是安德鲁在怪物学校"翻了车"，再把我也拖累了，那我可能得收拾收拾，搬到人类小镇去住了。

第二天：星期三

还好，我至少还有一个姐姐，她有一个特别特别大的衣帽间。

昨晚我们睡醒后，我就拉着安德鲁冲进了苦泰的房间。她的衣帽间就跟另一个主世界一样，一排一排的行头把这里塞得满满当当。在这里，一只苦力怕想变成什么都可以，但愿这一点对人类也同样适用。

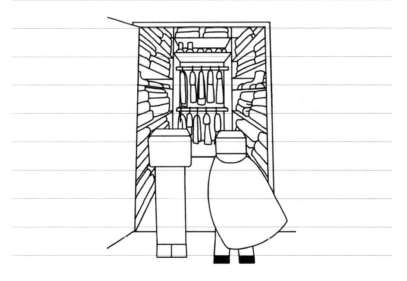

一开始，苦泰想得有点太夸张了，她想把安德鲁打扮成僵尸猪人的样子。我说，跟一个僵尸猪人一起去上学，一点也不比跟一个人类一起去上学好，这才打消了她的念

头。后半句我说得太大声，被安德鲁听到了。我不是有意要让他听到的，不过，也许让他知道真实的情况更好。这孩子接下来要走的路可不平坦。值得庆幸的是，他还有小·苦力怕杰拉德陪他一起走。

　　最后，我们决定给安德鲁穿一身绿衣服，这样他夹在我跟史小·木中间走过公共区的时候，说不定就可以蒙混过关，谁都不会注意到他。苦力怕也可以有梦想，对不对？

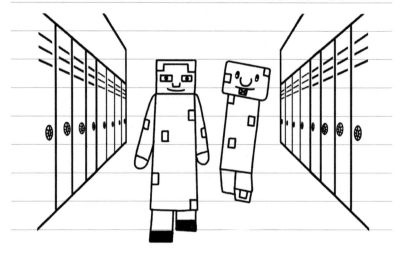

　　吃晚饭的时候，安德鲁那一身苦力怕打扮把妈妈吓了一跳。但是，紧接着苦泰就戴着她那顶红色的假发闪亮登场了，就是她那顶和人类的头发很像的假发。于是爸爸就开始咝咝了，然后所有人就把安德鲁穿绿衣服的事儿抛到了脑后。

　　我以前总管苦泰这顶假发叫"小·玫瑰"，因为它真的是太红了。吃晚饭的时候，我一边咬着猪排，一边在想名字、绰号，以及怎么做才能确保安德鲁不会一进怪物学校就被贴上一个像"痒嘻嘻"那样的标签。

　　是这么回事，我的名字是跟着我爸大苦力怕杰拉德、我祖父杰拉德、我曾祖父杰拉德，还有我曾曾祖父杰拉德起的。我曾曾祖父创办了第一届主世界运动会，在这地方还挺有名的。

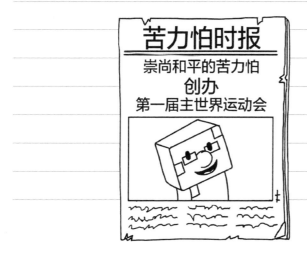

我们家别的亲戚都没有叫"杰""杰拉""德"什么的，一个都没有，只有我跟着他们叫了"杰拉德"，这事儿我也没得选。

但也许安德鲁可以选。我把那孩子从头到脚打量了一遍，然后挑了几个绰号一个接一个地给他试，就跟选衣服一样。

他就是不想让我省心，我算是看出来了。于是，我决定一有机会就喊他"老弟"。

比如今天晚上，到了该起床去学校的时候，我就一边推他的肩膀，一边说：

　　他一脸茫然："什么？"他揉着眼睛看了看窗外，说："可外面还是黑的！"可能在人类小镇，他们不会在白天睡觉、晚上上学吧。

　　安德鲁好像没睡醒，迷迷糊糊的，所以忘了我跟苦泰已经给他找好了一身绿色的行头。他穿的还是他自己的蓝色短袖衫和牛仔裤。接着他又伸出手准备去拿披风，我实在看不下去了，就过去拦住了他："别穿披风，老弟，你忘了我们给你找的衣服了吗？"

可是他说那些衣服他穿不了，因为它们太恶心了。什么？恶心？

安德鲁拿给我看，因为他一直打喷嚏，所以苦泰的绿衣服上已经全是他的鼻涕了。好吧，现在我也觉得，这东西看起来就跟僵尸僵格吃午饭用过的餐巾一样，真的很恶心。

把这家伙打扮成苦力怕算是没戏了。

好吧，现在我们得出发去学校了，说实话，我有一种很不好的预感。

祝我好运吧。

第三天：星期四

行吧，我们总算是挺过来了，活着过完了我带一个人类去怪物学校上学的第一天，这感觉特别像我带我的鱿鱼"黏糊糊"去学校的那次。那次我带着"黏糊糊"到了学校，结果却发现那天并不是"带鱿鱼上学日"。不过那又是另外一个故事了。

刚开始的时候，一切都跟我预想得一模一样。我跟安德鲁走进学校大门，门口所有的怪物都转过身来，瞪大了眼睛看我们。我好像看到这条爆炸性新闻就跟红石电路被激活了一样，"唰"地点亮了整个公共区。

然后，突然之间，末影人末艾玛站在了我们跟前，她问我，她能不能给校报写一篇关于安德鲁的报道。这丫头将来在新闻业一定会大有前途。别人都还没行动，她已经扑到安德鲁面前了。

我本来想主导这次访谈。我曾给《怪物学校观察者报》写过报道，所以我特别擅长把故事往正确的方向引导。"你可以问他冰球。"我跟末艾玛说。

但是，她根本不理我。她不停地问安德鲁关于他家人和人类小镇的事。你懂的，就是我最不希望她问的那些事。"老弟不想说这些，"我跟末艾玛说，"哦，我有没有说过他现在叫'老弟'？"

她给安德鲁拍照的时候，我掺了一脚，弓着背缩在旁边，想把安德鲁衬托得高一点、壮一点。他瞥了我一眼，一脸莫名其妙的表情，但我不在乎。身为兄弟，就得做兄弟应该做的事，不是吗？

史小·木一看见我们，就弹过来了。当弹到安德鲁面前的时候，他整个身体猛地一扭，来了个急刹车。说真的，这还是我第一次看到这只史莱姆露出这么惊讶的表情。

史小·木都结巴了："哦！你是一个……我是说……杰拉德，你怎么没告诉我他是……我是说，呃……很高兴认识你。"

我看着这只史莱姆冒汗，故意等了一会儿才去救场："史小·木，认识下我老弟，安德鲁。"然后，我就推着他俩走过公共区，去上第一节课，同时心里默念，希望这一路上别碰到骷髅或者蜘蛛骑士。

我们一直保持低调，坚持到了吃午饭的时间。但是，一旦进了食堂，你再想让大家不注意到一个人类就有点难了。我敢说，安德鲁的脑袋上绝对有一束聚光灯，他走到哪儿，那灯就照到哪儿。食堂里所有的女巫、僵尸和骷髅都在盯着他看，他做的每一件叫人尴尬的事，全被他们看在眼里。就连老师们都停下脚步，盯着他看。

　　安德鲁"阿嚏"一声，把他装午饭的袋子喷得从桌子上滑了出去，怪物们目不转睛地看着；他撩起披风擦鼻子，怪物们瞪大了眼睛盯着；再后来，他捧着蘑菇煲，竟然吃着吃着睡着了，那些一直在看他的怪物都笑出声来了。

像这种事，别的怪物不知道，他史小·木还能不知道吗？他自己就对牛奶严重过敏。"乳糖不耐症。"他是这么解释的，意思就是这只史莱姆不能摄入牛奶和乳酪，不然他就会胀气，而且他胀的气还特别的臭。

　　"他对什么过敏？"史小·木问，"蘑菇吗？"

　　"蘑菇？"这两个字我是呶呶着说出来的，"你是认真的吗，史小·木？"有谁会对蘑菇过敏啊？可就在这个时候，我看到安德鲁的脑袋又埋进了那碗蘑菇煲里，于是我也开始怀疑了。是这么回事，他到我们家来以后，妈妈基本上只给他吃这个。你看他现在，鼻子好像更不通气了，鼻涕也更多了，所以……谁知道呢？

　　不过，僵尸僵格一坐到我们旁边，安德鲁马上就醒了，还扯着嗓子叫得跟下界的恶魂一样。我有没有说过他特别怕僵尸？这的确是有点莫名其妙。对我来说，僵格就跟一只蠹虫一样，人畜无害。他确实很恶心，还很烦人，不过说他吓人？我真是完全没法理解。

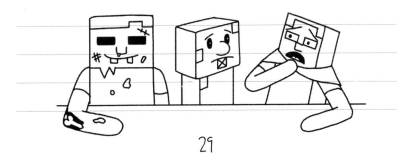

29

总之，只要僵格稍微动一动，安德鲁就会往后退。而僵格居然还觉得很好玩，他一会儿"呜"的一声，一会儿"嘎"的一声，不停地发出各种声音来吓安德鲁。有一说一，昨天晚上，我算是看到了那个僵尸不为人知的一面，可真是不怎么样。

　　行了，先不说僵格了。他真不算什么，因为"骨头"一伙刚刚咯吱咯吱进了食堂。"骨头"一进来就盯上了安德鲁。一眨眼的工夫，他就已经到我们旁边来了，比会瞬移的末影人还快。

　　我踢了安德鲁的椅子一脚，想提醒他坐直，或者别抽鼻子之类的。可你知道那孩子干了什么吗？他抬起头，对着"骨头"绽开了一个大大的笑容，然后……阿嚏。

我敢肯定，他这个喷嚏直接喷进了骨头的眼窝里，因为下一秒，"骨头"就咆哮起来了。

"这是安德鲁。"史小·木赶紧说了一句，好像在"骨头"面前，他这只史莱姆还能保护别人一样。

"安得撸？"这个名字从"骨头"的牙齿缝里蹦了出来，只见"骨头"又抹了一把脸，继续说道，"看他这样子，明明更像是'鼻涕撸'嘛。你找的朋友不错哦，'痒嘻嘻'。"说完他就气哼哼地跺着脚走了，浑身的骨头都在"咯吱咯吱""嘎啦嘎啦"的乱响。

于是，"骨头"只用了三秒钟，就让"鼻涕撸"跟我有了唯一的共同点：一个难听的绰号。

可真厉害。

至少第一天我们总算是过完了，现在只剩下二十九天了，是不是？妈妈一直跟我说，凡事都要往光明的一面看。其实我现在也看不了别的，因为我房间里有一块萤石，亮得像一支巨大的火炬。

我只好很努力地装出一副开心的样子去吃早饭，可是这次妈妈端出来的又是蘑菇煲。怎么能又是蘑菇煲呢？

我跟妈妈说安德鲁可能对蘑菇煲过敏，所以她应该试着做点别的（比如肉，你懂的）。但是，安德鲁已经把脸埋进那碗煲中狂吃了起来，等他抬起头来喘气的时候，他说自己对蘑菇绝对不过敏。"我们家种这个。"他一边吸鼻涕一边说。

32

然后，爸爸就开始讲，数万年前怪物和人类是怎样一起吃蘑菇煲的。一般他会把这个故事留到感恩节再说，但可能安德鲁和桌上的蘑菇煲让他突然有了灵感，所以他现在就讲了。我在边上跟着爸爸一起说，这个故事我可是每一个字都记得。

　　"在主世界开天辟地的时代，一开始只有怪物，后来矿工来了，于是爆发了战争。但今天，我们吃蘑菇煲来纪念怪物和人类终于能和平共处的时刻……"

　　安德鲁从他的蘑菇煲里抬起头，用手抹了把鼻子问："什么？"

　　原来，安德鲁听到的故事，居然是另一个完全不同的版本。在他那个版本的故事里，在最早的时候，主世界只有人类。看来人类小镇上的学校就是这么教小孩子的。

33

　　爸爸的嘴张得老大，这让我特别想叉起一个烤土豆塞到他嘴里去。我本来以为爸爸会据理力争，结果他并没有，只说了句："这个故事很有意思，安德鲁。"

　　我还从没见过有什么人或者什么东西能让开始讲故事的爸爸把话憋回去的。爸爸的故事就跟火车一样，一讲起来就很难停下来。但神奇的是，安德鲁居然做到了。

经过这次事情，我拿不准应该把安德鲁当作我们家的敌人，还是当作我的新英雄。就在这时，他咳嗽了几下，啐了口痰出来。显而易见，他绝对不可能是我的英雄。

不过，妈妈倒是抓住这个机会转移了话题。"说到一起吃饭，"她说，"我在想，这个周末我们应该请几个朋友来家里吃晚饭。新的朋友，你懂的。"她推了爸爸一下，接着说道："来扩大我们的社交圈。"

新的朋友？这下可把藏在我身体里的那些叫"紧张"的焰火点燃了。妈妈这是又着了什么魔吗？一开始是邀请一个人类跟我们一起住，现在又打算把人类小镇的每一户人家都请到家里来跟我们一起吃饭了？

"哦，"苦小·帕唑唑着说，"请苦莱他们一家人来吧！"苦莱是苦小·帕最要好的朋友。而我对那只苦力怕没什么感觉，有她没她都一样。但是，跟一家苦力怕一起吃猪排总比跟一镇子的人类一起吃要好吧？

但妈妈一句话就把苦小·帕堵回去了。"我说的是新朋友，"她又说了一遍，"跟我们种类不一样的怪物。"

"比如史莱姆？"我也提议道，"我们好长时间没请史小·木和他家人来玩了。"我盘起腿祈祷我的提议能被采纳。

但是，并没有。妈妈现在一门心思想要扩大我们的"社交圈"。

轮到苦泰了，她还戴着她那顶红色的假发，张嘴就说："那请僵尸猪人来怎么样？"

我觉得她是在开玩笑，但爸爸马上就咝咝起来了。我有没有说过苦泰曾经跟一个僵尸猪人约会过？

　　但是，妈妈一下子就受到了启发，说："对啊！请僵尸怎么样？那个僵尸僵格还让你去他们家睡过呢，杰拉德。我们是不是也应该请他们一家来吃个饭？"

　　"不要！"我咝咝起来了。我跟僵格他们一家一起吃过晚饭，对苦力怕来说，别说吃了，就是看一看就足够倒胃口了，真不骗你。一桌子的腐肉，还有一屋子的"嘎呜嘎呜"声。受不了。

　　可不知怎么的，这事居然就这么定了。一眨眼的工夫，妈妈已经在日历上标出了日子，然后又回到饭桌前。星期六晚上又多了一件值得"期待"的事。棒极了！

唯一让我感到一丝安慰的是，窗外飘起了雪花。

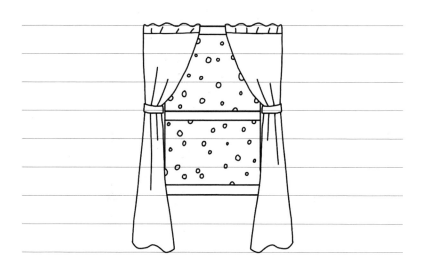

因为下雪意味着可以滑雪橇了。

还可以堆雪傀儡。

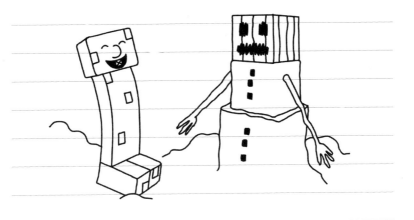

还有打雪仗。太棒了！

但是在爸爸眼里，下雪意味着完全不一样的东西。"看这样子，我们明天得去苦力怕小·道铲雪了，杰拉德。"他一脸开心地说。

我正要抗议，这时安德鲁清了清嗓子。"我去帮你，叔叔。"他说，"我在家的时候经常铲我们家的冰球场。"

什么？

你可别误会我，只要能让我逃掉铲雪，让我干什么我都愿意。但是，眼睁睁地看着安德鲁取代我接受那个工作，这感觉我也不知道怎么形容……就是很奇怪。尤其是爸爸还说："太好了，孩子！说不定等我们清扫完了车道，还可以在后院给你造一个你说的那种冰球场！"

一转眼，那两位就跑到客厅去，又写又画地开始设计冰球场了。他们要找一个不会吓到绵羊"袜子"的地方来造这个冰球场。我有没有说过我们家后院养了一只绵羊？

　　总之，本苦力怕突然有一种孤家寡人的感觉。我还哎哎了，就几下，然后被我假装打嗝或咳嗽掩饰了过去。

　　接下来不知怎么的，下面这句话就脱口而出了。我说，我要帮爸爸和安德鲁造冰球场，虽然我都不知道冰球场是什么。

　　哎，这将是漫长的一个月。

第四天：星期五

　　我有没有说过，安德鲁和我的鱿鱼"黏糊糊"已经变成好哥们了？

　　没错，就是这么回事。我走进房间的时候，"黏糊糊"很少朝我看过来，可要是进来的是安德鲁呢？哎，它那样子会让你觉得，安德鲁就是圣诞鱿鱼。"黏糊糊"的眼睛会瞪得比平时大，还会"呼"的一下漂到鱼缸边上，然后深情款款地盯着安德鲁。而安德鲁呢，也会马上跑过去回应它的这一片深情，有时候我只能使劲扯安德鲁的披风，让他们两个收敛一些。

　　所以我对安德鲁算是有了一点了解。他非常喜欢动物，包括绵羊"袜子"，甚至还包括"咳不停老爷"，就是住我们家隔壁的那只没事就爱咝咝的猫。这就引发了我的思考：没准让安德鲁过敏的就是动物呢。

　　有一次我的哥们儿史小·木发现自己对猫过敏，这对特别喜欢猫的人来说是个非常严重的问题。但后来，有个医生给他开了点药，现在他又可以尽情地跟他的猫"哞哞"在一起亲热了。

　　如果安德鲁确实对动物过敏，那没准我们可以给他找一点那种神奇的药，让他别老流鼻涕了。现在你明白我为什么说这些了吧？

但这只是一个推论，还需要我来验证。我不太想跑到车库去找"袜子"。外面太冷的时候，妈妈就会让我们的羊进车库。幸好在我们家，不用出门就能找到很多"袜子"的毛。妈妈有一段时间很喜欢织毛线，现在天又冷了，妈妈去年织的那些毛衣、毛毯之类的，就又被翻了出来，堆得到处都是。

于是我问妈妈能不能帮安德鲁找一件毛衣，因为今天早上放学后我们要出去铲雪。不出所料，妈妈听了可开心了，一阵风似的奔出去找毛衣。但我没想到，这事儿居然还有反作用。

妈妈拿来的是她以前给我织的哞菇毛衣。没错，我还真有一件上面织的满是蘑菇的毛衣，这都是因为我有一个好妈妈。

我本来以为我已经好好地把那件毛衣"安葬"在我衣橱的最里面了，可妈妈还是把它翻了出来，还亲手帮安德鲁套在了身上。诡异的是，安德鲁居然很开心，我猜他可能是那种没见过蘑菇、一直都想见一下的人吧。行了，万事俱备，我就等着看结果了，那孩子老是一把鼻涕一把眼泪的毛病究竟是不是因为他喜欢动物呢？

　　接着，妈妈也扔了一件旧毛衣给我，我一穿上，身上马上就开始痒了。不过现在我操心的并不是自己皮肤发痒的问题，我的眼睛一直盯着安德鲁，就等着他开始打喷嚏、咳嗽或者抽气，现在他身上可穿着一身绵羊的毛呢。

　　然而，他没有。我们铲了半小时雪，我眼巴巴地等了半小时。他只是一直在念叨冰球场、冰球棍、冰球，从头到尾一刻都没停过，而且还一个喷嚏都没打，真的一个都没打。他这绝对是创了新纪录了。

　　于是……我得出了另一个结论，这个结论跟下界的火球一样劈头盖脸地砸过来：安德鲁并不对动物过敏，至少不对绵羊过敏。

　　我也开始流鼻涕了（吸溜，吸溜，阿嚏）。

第五天：星期六早上

　　我希望僵格一家这个周末已经有安排了，比如全家一起拖着脚去最近的村子吓唬村民什么的。然而，他们并没有。今天晚上，他们确定要来吃晚饭。我只能深深地叹了口气。

　　我不太喜欢这个安排，而安德鲁简直被这个安排吓坏了。可能在学校跟一个僵尸一起吃午饭已经是他能承受的极限了，跟一大家子僵尸一起吃晚饭，那简直是要活生生地把这可怜的孩子逼疯。

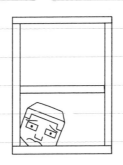

后来我才知道，原来安德鲁听说过有些人类被僵尸攻击之后就变成了僵尸村民。呃，这听起来像是编出来的故事，就是我那个孪生魔头妹妹会讲的那种。她老说这种故事，就为了吓唬学校里的那些怪物。整整一个星期，我都试图让安德鲁相信，僵格一点都不危险。

但僵格一点也不配合，他不是"嘎呜"，就是"嗷呜"，就知道捣乱。我猜可能是他感到自己不再是地位最低的那个了，所以特别开心。他不仅不肯对安德鲁友好一点，而

且一有机会就溜到安德鲁身后，安德鲁每一次都会被吓得尖叫着蹦得好高。

安德鲁今天早上还开了一次箱子，这是他这几天第一次打开它。我屏住呼吸，偷偷溜到他旁边，想看看里面都有什么。可安德鲁的动作比我快多了，他从箱子里掏了个什么东西出来，然后"砰"的一下又把盖子盖上了。

天哪，那小·屁孩是在拿我当贼防吗？他那箱子里到底有什么东西？秘密武器？一把钻石剑？一整套盔甲？

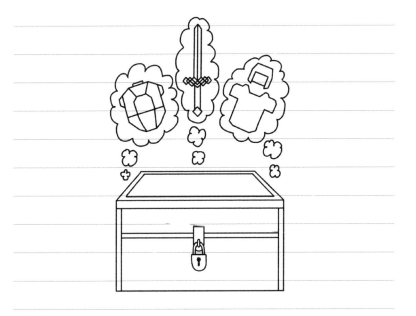

他刚刚掏出来的那个东西确实是个亮闪闪的玩意儿，但不是钻石剑，而是一个铁傀儡，就跟立在人类村子里帮

他们抵御邪恶怪物的铁傀儡一样，只不过这个是迷你版的。照我的猜测，这次安德鲁特地把它从箱子里翻出来，应该是为了让它帮他抵御（没错，你也猜到了）僵尸。

这个时候我才知道，他是真的很害怕。

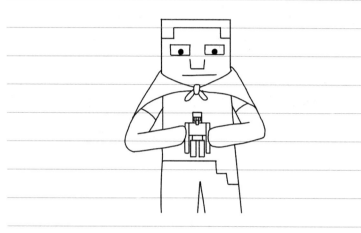

不过，有一点我们得承认，所有的怪物都有自己害怕的东西。就说我吧，我就不怎么喜欢蜘蛛，还有猫——尤其是豹猫，那是一种潜伏在丛林里的野猫，它们的目标就是把像我这样的苦力怕抓回去当晚饭。

但这些安德鲁都不怕，他很喜欢动物！他居然还觉得我该庆幸去年夏天在丛林碰到豹猫。那又是另外一个故事，一个字都别问，谢谢。可是，安德鲁却怕全学校最傻、最恶心的怪物——僵尸。这事儿你能信？我觉得人类这种生物，我这辈子大概都不会搞懂了。

　　不过有一件事我是知道的：今天晚上，那个铁傀儡恐怕保护不了安德鲁。所以，要是僵格真干出什么出格的事，我就得挺身而出，代替铁傀儡帮他抵御一下。

第五天：星期六晚上

　　妈妈希望请僵尸们吃的是一顿完美的晚饭，我想跟她说，她这想法根本不切实际（她很喜欢用"不切实际"这个词，我觉得，她应该也会很高兴听到我用这个词）。我说，只要跟僵尸扯上关系，就没有什么事情是完美的。所以，跟一屋子僵尸一起吃晚饭怎么可能会完美呢？

　　说完，妈妈就叫我去打扫自己的房间了。

　　她自己也把我们家从上到下、从里到外都打扫了一遍，客厅也布置得无可挑剔，每一个垫子、每一盆仙人掌，都被安排在了最合适的位置上。

就我个人而言，我觉得苦力怕的家里不应该放仙人掌，但妈妈去年秋天迷上了这种植物。所以现在，一只苦力怕想要安全地转个身几乎是不可能的了，他的屁股总会被扎一两下。

她还搬了一盆仙人掌到我的房间里来，就放在安德鲁的萤石边上。可怜的鱿鱼"黏糊糊"马上就缩成了一团，隔着那一排东西，我几乎看不见这个缩在鱼缸里的小家伙了。

接着说，打扫完房间之后，妈妈就开始做烤猪排、烤土豆、蘑菇煲和苹果脆片，还有一碗胡萝卜，这是特别为素食主义者安德鲁准备的。

我不知道僵格和他的家人会怎么看妈妈的这份菜单。我的意思是，僵格的眼里只有腐肉三明治、腐肉热狗，还有腐肉卷饼，现在你给他一根胡萝卜，你觉得他会怎么想？

53

嘎呜呜呜！

很快，我就知道了这个问题的答案。门铃响了，然后"僵尸游行"开始了。

僵侬第一个飞奔进来。她是一个小·僵尸，行动速度非常快。而且，她还挺喜欢我的——就是"黏糊糊"对安德鲁的那种"喜欢"。

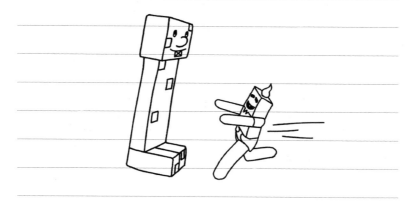

瞧，我跟僵侬在一起的时候，我们都玩得很开心。我们玩过躲猫猫，还一起骑过鸡。准确地说，她骑的是鸡，我骑的是猪，不过那又是另外一个故事了。我们好像还一起办过茶会，唱过几首说唱版儿歌，不过要是你把这事说出去，我是绝对不会承认的。

老麦克杰拉德有个农场，咿呀咿呀哟，
农场上他养了只鸡，咿呀咿呀哟。
在这里咯咯叫，
在那里咯咯叫，
这边咯咯咯，
那边咯咯咯，
到处都在咯咯咯，
……

小僵尸还是很可爱的，如果你问我的话，我就是这么觉得的。只可惜，他们迟早会长大，变成那种爱挑脚上的水疱、会"吧唧吧唧"吃肉的僵尸，就跟僵格一样。

接着说，僵格进门后都没怎么搭理我。他拖着脚一摇一晃地开始满屋子找安德鲁，但安德鲁还在房间里换衣服。今天他换衣服的时间格外长，等他终于肯开门出来的时候，僵格早就在那儿等着了，接着就是一通"嘎呜""嗷呜"，生生把安德鲁逼得又退了回去，然后，"砰"的一声关上了房门。

　　我本来应该跟僵格好好谈一谈的，可是这个时候，我自己也在经受巨大的惊吓。为什么呢？因为来的不止僵格和他的家人，他们还带来了他们家的宠物——一只蜘蛛。

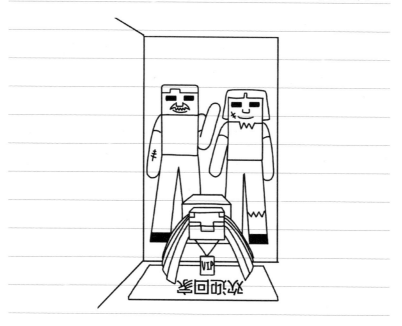

没错，"腿多多"就这么大摇大摆地跟着僵尸先生和僵尸太太一起进了我们家，就好像它是贵宾似的，仿佛连我家都是它的。

我有没有说过，我对蜘蛛没什么好感？

在僵格家的时候，我跟"腿多多"基本上能达成一种共识：我不招惹它，它也别来招惹我（一般情况下是这样）。但是，如果这只蜘蛛在我家客厅的地板上到处乱窜，那就是另外一回事了。

就连妈妈也睁大了眼睛，盯着那只毛茸茸的多腿怪物看了半天。但妈妈今天是完美的女主人，对吧？所以她只是招呼大家到餐桌旁坐好，说准备开饭了。

我好不容易说服安德鲁过来吃饭时，看到大家已经围着桌子坐得满满当当。今天吃饭的人真多，六只苦力怕，四

个僵尸，还有一个人类。哦，还有一个微缩版的铁傀儡。

　　这感觉就像老爸常说的"有史以来第一顿主世界感恩节大餐"，怪物和矿工终于能和平地坐在一起。现在我们家里也是这样，只不过，并不是特别和平。

　　先是僵尸先生，他看到烤猪排的时候激动坏了。"猪排？太棒了！这我真是没想到！"他一边说，一边叉起猪排往自己的盘子里装，"杰拉德跟我们说过，苦力怕周末是不吃肉的！"

　　什么？

　　我这才想起来，我上次去僵格家吃晚饭的时候撒过一个小谎。那次我不想吃腐肉，所以只好骗他们说我们周末吃素，然后他们就信了！可现在……你说过的谎好像总有办法偷偷"溜"回来，从背后"袭击"你。

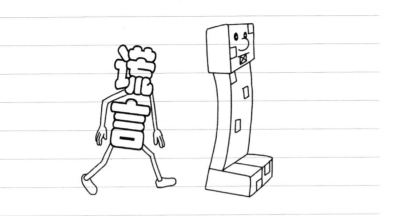

　　我开始冒汗了，我一心虚就会这样。而我一冒汗，身体就会开始发痒。

　　我抵着椅子蹭背，这被妈妈看到了。这动作基本就等于招认：我干坏事了。于是她用她的眼睛朝我"射"了好几箭。

　　然后她就跟僵尸先生和僵尸太太解释了一下，说今天晚上比较"特殊"。说着，她又从烤炉里拿了几块猪排出来。

"腿多多"估计闻到猪排的味儿了，因为它挪动着它那一堆腿爬了过来。我瞬间没有了胃口。

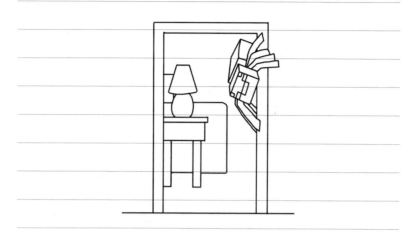

　　然后，我发现安德鲁也没在吃东西，因为僵格一直在冲他做鬼脸。安德鲁看起来很糟糕，满脸都是鼻涕，还一直在抽鼻子。可能他的过敏症跟我的瘙痒症是一样的情况，心里越紧张，症状就越严重。

　　然后，我看到苦泰跟苦小·帕也没有吃东西，可能是因为这是她俩第一次跟一群僵尸吃饭，从僵尸们咧着的嘴里

喷出来的食物渣把她俩恶心到了。你问我什么反应？我已经习惯了，每天吃午饭我都坐在僵格旁边。但苦泰的一张脸已经绿得发青，看她那样子，好像快要吐了。

妈妈一直把菜往我们面前推，想让我们也吃一点。但是没过多久，妈妈自己也受不了了，因为僵尸太太在饭桌前开始抠脸上的痂。

那爸爸呢？他跟僵尸先生一边聊得起劲儿，一边"嘎吱嘎吱"嚼着猪排，那一盘子猪排都是被他俩吃完的。僵尸太太本来还想再来点猪排，结果发现盘子已经空了，弄得妈妈一脸尴尬。

再来说说"腿多多"，它一直爬到了餐桌跟前，近得不能再近。它的腿都伸到我的盘子里来抓土豆了——这可是我亲眼看到的。

　　我应该没有尖叫，但可能跳了一下。然后也不知道是怎么了，我跳的这一下让我的小妹妹苦咪觉得特别好笑。

　　她开始"咯咯咯"地笑，然后小·僵尸僵侬也开始"咯咯咯"地笑，这让苦咪就笑得更厉害了，然后僵侬也笑得更厉害了，再然后苦咪一炸冲天，我们谁都没有来得及阻止她。我们家"爆娃"是我认识的唯一一只会在高兴的时候爆炸的苦力怕。

轰!

火药像雪花一样纷纷飘落，全掉在了妈妈准备的"完美"的晚餐上。然后，就没有然后了。

妈妈几乎是把我们的这几位客人推出门去的，因为她要打扫厨房，或者去伤心地痛哭一场。

好消息是，我觉得我们应该不会再用这种令人尴尬的请客方式来"扩大我们的社交圈"了。那坏消息呢？坏消息就是安德鲁一直躲在房间里不肯出来。他把被子蒙在头上，可能已经在盘算如何逃回人类小镇了。事到如今，谁又能怪他呢？

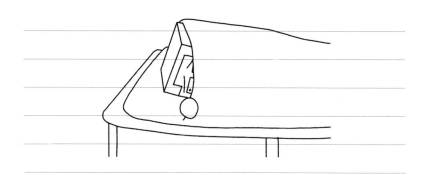

　　我也没有帮他抵御僵尸僵格，我一直在忙着抵御蜘蛛"腿多多"，保护我自己和我的土豆。

　　我很同情这孩子，于是隔着蒙在他头上的被子跟他说，等好好睡上一个白天之后，可能我们明天晚上就可以一起造那个冰球场了。听完他立刻不再抽鼻子了，所以没准这是个让他高兴的消息。

　　那么现在呢？现在我要去冲个澡，希望身上别再那么痒了。真是要命。

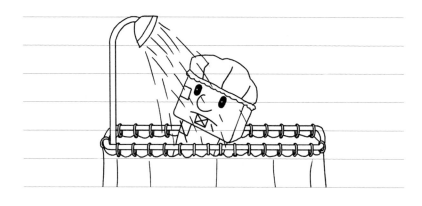

第七天：星期一

昨天晚上，我终于知道冰球场是什么样了，至少知道了它有多大，就跟我们家整个后院一样大。没错，我们把每一寸土地都用上了，只留了一小块有积雪的草地，妈妈说，我们要给绵羊"袜子"留一点地方。

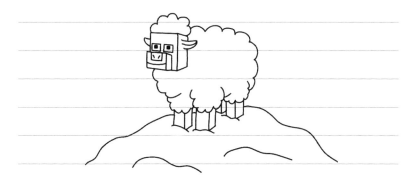

我们先把地铲平，然后往上面倒了几大桶水，接着等了好几个小时，水开始结冰了。然后我们又加了点水，继续等水结冰。然后再加水，再等。

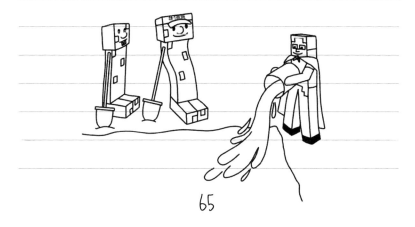

最后，安德鲁终于说，冰层已经足够厚，也足够平整，可以在上面滑冰了。

他从他的箱子里掏出了一双被他叫作"滑冰鞋"的东西。穿上滑冰鞋，他就可以在冰面上滑行了。

就我个人而言，我觉得我压根就不需要什么滑冰鞋。脚一踏上冰面，我就"刺溜溜"地一路从院子的这一头滑到了那一头。

我担心自己的脖子会摔断，就从冰面上下来了，决定在边上堆个雪傀儡。

可安德鲁又说，我们还需要一个叫"球门"的东西，于是爸爸就进车库大干了起来。我的耳朵里全是拉锯子和敲打的声音，而现在明明是睡觉的时间。

安德鲁睡在我旁边，他的鼻子已经完全不通气了，那呼噜声大得简直就跟打雷一样。

而且他的萤石比以前更亮了，就跟下界滚烫的岩浆一样。我都有点希望它真的是岩浆，因为那样的话，它就能烧了旁边那盆丑陋的仙人掌。

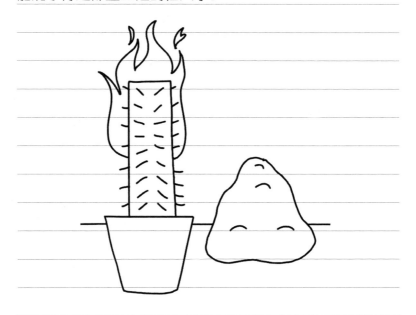

　　我又思考了一下冰球这件事，后悔昨天晚上没让安德鲁就这么打包回人类小镇。本来，我是想给这孩子一个机会（我真是这么想的），可现在，这个机会变成了一大堆又麻烦又累人的活，把我累死了。

　　本苦力怕得睡个能让我不怕的觉，因为明天晚上，你猜怎么着？

"鼻涕撸"和"痒嘻嘻"还得回怪物学校上学。

怪物学校
鼻涕撸   痒嘻嘻

不管你有没有做好准备，都得去。

第八天：星期二

"爆炸性新闻！一个人类进了怪物学校！"

这就是末影人末艾玛在《怪物学校观察者报》上用的标题。报纸是昨天晚上发的，现在已经到处都是了。

我的柜子上已经贴满一堆报纸了。我凑过去想看一看，结果看到了一张我跟安德鲁的巨幅照片。不过，照片里主要是安德鲁。当时我拼命猫着腰缩在他旁边，末艾玛几乎没拍到我。原来的标题已经被抠了，现在那上面写的是："'痒嘻嘻'和'鼻涕撸'，哥俩儿好。"这么看来，一定是"骨头"干的。

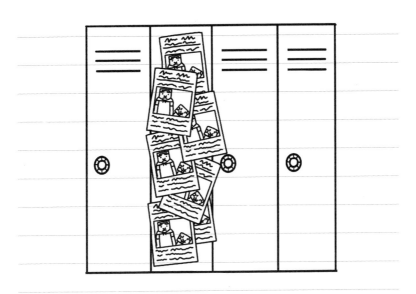

　　他和他的同伙往"鼻涕撸"——不，我是说安德鲁的柜子里塞了一大堆纸巾。安德鲁一开柜门，纸巾就都"飞"了出来，像一群白色的洞穴蝙蝠。他被吓到了，开始"哗哗"地流鼻涕，最后，他竟然还用了一张柜子里的纸巾。

我开始撕贴在我柜子上的报纸，把它们揉成一团，但是我突然想，还是应该看一下那篇报道，万一那上面提到了我呢？

然而并没有，一个字也没提到小·苦力怕杰拉德。但末艾玛滔滔不绝地写了一堆关于安德鲁的话，她可能还有点夸大事实，不信你自己看：

怪物学校观察者报

爆炸性新闻！
一个人类进了怪物学校！

这位就是安德鲁，七年级学生，人类小镇外的农场是他的家。这次，他翻山越岭，跋山涉水，来到了我们声誉卓著的怪物学校。

他父亲以什么为生？答案是：挖矿——他还曾冒险前往下界，带回萤石当纪念品。

他母亲以什么为生？答案是：务农。安德鲁说，她种出的南瓜是方圆几千米最大的！天哪，还有谁不服？

安德鲁本人是人类小镇的明星冰球运动员。如果你不知道冰球是什么，去问安德鲁吧。他正计划要组织一场比赛，所有想学的怪物都可以参加。说不定，这就是下一个要加入主世界运动会的新项目！

至少末艾玛还是提到了冰球。她没有称呼安德鲁为"老弟"，还管他叫"明星冰球运动员"，但是她写的这些确实能让人觉得安德鲁挺厉害的。

可我有一种不好的预感：那篇报道会惹麻烦。结果我还真猜对了。

第二节课下课后，我跟安德鲁正走在公共区的过道上。突然，他从我身边消失了。几根手指骨拽住了他的披风，一下就把他拖到后面去了。

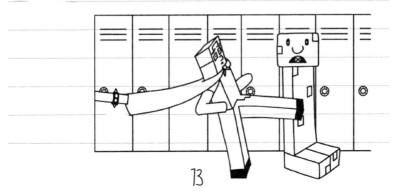

我一转身，就看到几个"骨头"的同伙把安德鲁头朝下提了起来。然后骨头"咔嚓咔嚓"地走过来，说："哟，'鼻涕撸'，你是在向蜘蛛骑士挑战冰球比赛吗？"

哎，这下惨了。这个开场，准没好事。

是这么回事，"骨头"一伙特别好胜，一般他们会比试箭术、蜘蛛骑术之类的项目。但这次，八成是"骨头"听说有个人类在报纸上吹嘘某项新的体育运动，于是非要跟这个人类一决胜负不可。

我死死地盯着安德鲁，用眼神向他发送警告，意思是"别吭声！""一个字都别说！""别刺激他！""快装死！"，诸如此类。

然而，安德鲁可能没有接收到这些讯息。他一听到"冰球"，就打开了话匣子，还告诉"骨头"我们造的那个冰球场——就是在我家后院的那个。安德鲁还告诉"骨头"，冰球场已经快造好了，就差几个球门了。

冰球场，冰球棍，
冰球，冰球头盔，
冰球长，冰球短……

好极了。

"骨头"知道我住哪儿，如果他来"友好"地串个门的话，最后的结果肯定是什么东西炸了，或者是什么东西被砸了。所以，我赶紧开口，努力补救一下。

"也不是很大的冰球场，"我说，"而且我爸做球门也没那么快，可能至少也得一个月吧。所以，你懂的，这事不值得放在心上。"

"行了行了，'痒嘻嘻'。""骨头"伸出手，冲我一弹，好像我是一只蠢虫。接着他就又转过身去，看着安德鲁说道："比赛开始了，'鼻涕撸'。"

"骨头"打了一个响指，接着，跟他一伙的那几个骷髅就一起松手，让安德鲁摔了个"嘴啃泥"。然后，他们几个就"咔嚓咔嚓"地扬长而去，找下一个戏弄目标去了。

于是……事情就变成这样了。现在我只有两条路可以走：要么拖着爸爸，让他造不好球门；要么去学打冰球，而且得快速学会。

第九天：星期三

你知道的，有一次我求爸爸在车库里帮我造一个铁砧，那感觉就好像一辈子都造不好。我觉得那次爸爸是故意拖时间，因为那个铁砧让他可以做自己喜欢的事，他不想把它干完。

这次做冰球门，我满心希望爸爸也别那么快做完。可结果呢？爸爸竟然很快就完工了，一眨眼工夫就把球门造了出来。我跟老爸还真是"心有灵犀"啊！

今天早上，我跟安德鲁从学校回到家的时候，球门已经立在冰面上了。安德鲁从这一个球门跑到那一个球门，把它们仔仔细细地检查了一遍。"现在只差球网了！"他说，"球网可以截住冰球，免得球穿过球门飞出去。"

这又是什么东西?

　　他解释说，冰球就是圆石、燧石或者煤炭之类的东西，你要用冰球棍把这东西打进球门里去。

不过，我们还需要一张球网来截住冰球，免得球穿过球门飞出去。

　　我马上就想到了蜘蛛网。是这么回事，虽然我不喜欢蜘蛛，但我很喜欢蜘蛛网。有一次我就是靠蜘蛛网把一个谜团解开的，我那时在秘密通道口布置了一张蜘蛛网来抓嫌疑犯，不过那又是另外一个故事了。

　　接着说，我跟安德鲁说我们可以让僵格的蜘蛛帮我们织几张网。可是我一提僵格的名字，安德鲁就脸色煞白，虽然他平时的脸色就挺白的，但现在更白了。他说，我们可以再想个别的法子。

　　于是我又想到，妈妈有很多毛线，我们可以用毛线来"织"出一张网。我觉得这个主意挺棒的，因为跟蜘蛛网相比，这样"织"网花的时间会多得多，而我刚好不希望它太快完工。

因为我知道，"骨头"已经盯上了这个冰场。这个冰场一完工他就会立马知道，然后赶来拿我擦冰。

于是我们去找妈妈要了毛线，开始织网。这张网，我能——织——多——慢——就——织——多——慢。我还故意把毛线扯断了好几次，就为了拖延时间。还没到睡觉的

时间，安德鲁就已经把他那张网织好了，但我跟他说，我
这张还得再织一两个晚上，也可能更久。

虽然我不是什么"明星冰球运动员"，但我也不是傻
子呀。

第十天：星期四

你肯定以为，妈妈跟僵尸们一起吃的那顿晚饭会彻底终结她的社交梦，就像打死一只蠹虫一样把它碾碎。

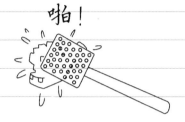

可是，你知道今天吃早饭的时候她说了什么吗？她说，她已经准备好再办一次聚餐了。这次可能会请别的怪物家庭。

"苦力怕苦莱他们家怎么样？"苦小·帕问。虽然上次妈妈已经拒绝过她，但我这个妹妹有的时候就是"不撞南墙不回头"。

我也忍不住又问了一遍："那史莱姆史小·木他们家呢？"

结果我们俩问的妈妈全当没听见："我在想邀请那个好孩子末影人末艾迪。他妈妈就是你的历史老师吧，杰拉德？"

我的心直往下沉，这感觉就像掉进了一个僵尸坑——没好好看路，结果一脚踏错，万劫不复。

事情是这样的，我喜欢末影人末艾迪，谁会不喜欢他呢？他在学校里那么酷，从来不会为了引人注目而去干什么事，因为他根本不需要！他只是把自己的事情做好，再时不时地出现在我身边——一般都是在我被夹在岩石和黑曜石之间进退两难、迫切需要朋友的时候。

淡定，老弟，要酷。

没错，你要让我跟末艾迪一起玩，那我再乐意不过。可让末艾迪跟我家人一起吃饭，那我就没那么乐意了。我的意思是，我那几个姐妹有时候真的很让人难堪！

于是我跟妈妈说，这事我得好好想一想，可是妈妈并不是那种有耐性的苦力怕。就在我写日记的时候，她已经在给末影夫人打电话了。

安德鲁的耐性也不怎么样。他一早就跑出去帮我做好了我的球网，所以拖时间什么的，到此为止了！他还让爸爸又新做了几根冰球棍。原来这东西可以用旧的栅栏条做出来，而爸爸存在车库的那堆垃圾里，刚好就有这种栅栏条。

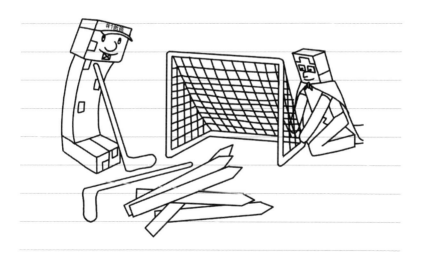

再来一个用煤炭或者圆石做的冰球，就大功告成了！我们马上就能开始冰球比赛了，不管你有没有准备好。唉。

第十一天：星期五

爸爸总是问："你们昨天晚上在学校学了些什么呀？"
但这次他问："你今天早上学了多少关于冰球的知识？"

而我的回答是："我学了不少，我学到了……"

· 煤炭在冰面上滑得比燧石和圆石远多了。

· 史莱姆在冰面上滑得比苦力怕远多了。

· 不可以拿冰球棍当剑使。（虽然我可能有那么一两次 "不小心" 用我的冰球棍打到了史小木。）

· 羊毛网居然跟蜘蛛网一样黏。（尤其是当你追着冰球冲进球网，然后被缠住的时候。）

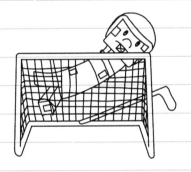

· 安德鲁在户外比在屋里的时候鼻涕少多了，力气也大多了。

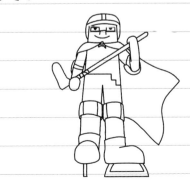

·冰球没说唱好玩，差远了，让安德鲁去玩他的冰球棍和冰球吧，我还是继续创作我的音乐吧。

在我第一次，也是唯一的一次企图射门后，我做出了上面的决定。守门员是史小木，他的绿色身体左一扭右一扭，把整个网都塞满了，我真没瞎说。你不能从史莱姆的两条腿中间射门，不能绕过他射门，也不能从他的脑袋上面射门。所以最后，我干了我唯一能干的事：我把冰球直接朝他打过去。

然后，冰球就从他身上弹了回来，横越冰场，画出一条漂亮的抛物线，一头扎进了我的球门。

"乌龙球！"安德鲁大喊一声，冲着天空扬起了拳头。

几秒钟过后，史小·木也反应了过来："你帮对手赢了一分，杰拉德！哈哈！"

好像我不知道我的球进错了门一样。谢了，史小·木，谢谢你还特地告诉我一声，你可真够哥们儿。

我的身体里开始冒泡，于是我像一个冰球一样，麻溜地滚下了冰面。

然后安德鲁说，我不可以退出，因为我一走，打比赛的人就不够了。于是我说："这样啊，要不你去喊你那位叫僵格的朋友一起来玩？"（我知道这么说太损了，我并不为此感到得意。）

就在这个时候，苦小·帕跑了出来，一把抢过了我手里的球棍。她很可能已经等了一早上，就等我让位子给她。

　　我差点就要留下来看她玩了。可要是我真的就这么站在边上看，那我很可能会看到苦小帕一个接一个地进球，好像进球是一件特别容易的事情。我这孪生魔头妹妹特别擅长在我沮丧的时候再给我一锤子，让一只灰溜溜的苦力怕更抬不起头。

　　所以，我迈开大步，头也不回地回自己房间去了。终于，这个房间只属于我一个人了。我朝安德鲁那块萤石扔了条毯子，把它盖住，还有那盆丑陋的仙人掌。接着，我一转头看到"黏糊糊"眼巴巴地盯着门口，等着安德鲁出现，于是我也往它鱼缸上扔了一条毯子。我想说的是，这

鱿鱼已经有一个忠诚的苦力怕好朋友了，却还这么喜欢一个人类，算得上是背叛了吧？

然后我做了我郁闷的时候常做的事：我唱起了说唱歌曲。

刚才好像有一个冰球打在我房间的窗户上了（谢了，苦小·帕）。但我是不会回去的，就算"骨头"跑来拼命敲我的窗户，疯狂地挑衅我，我也不出去。

让苦小·帕去对付"骨头"好了，这跟我没关系。以后安德鲁的事就别来找我了。只要那小·子手里有一根冰球棍，谁也欺负不了他。

第十二天：星期六

昨天晚上我醒来准备去上学的时候，感觉好多了（谢谢关心）。我还把我的上一篇日记翻出来又看了一遍，看完觉得自己可能反应过度了（妈妈说我有时候戏太多）。

然后我来到学校，发现史小·木把冰球场已经完工的事告诉了女巫巫柳儿。也就是说，等到了星期一，怪物学校的每一个怪物都会知道这件事，也可能星期一前就知道了。末影人末艾玛很可能会再写一篇报道："比赛开始了！"

怪物学校观察者报

比赛开始了!

所以,我要么在这个周末前学会打冰球(这可能需要一点魔法才行),要么在"骨头"那伙人还没找我比赛前先跑到山区去。

是时候把我的三十天计划翻出来再看一看了。

30天交换生的生存计划

- ~~给安德鲁换个造型~~
  ~~(我苦泰邦忙)~~。(没戏!)
- 调查清楚他到底对什么东西过敏,不能再让他流鼻涕了!(这个我还在努力……)
- ~~调查一下冰球是什么东西。~~
  (调查结果:冰球不适合我,谢谢您了。)
- 把那个上了锁的箱子弄开看看,安德鲁到底有没有钱。(嘿!我把这条忘了!)

瞧，时不时地把计划翻出来看看还是很有用的，因为我已经完完全全忘了那个箱子。要是那里面真有什么财宝的话，那我说不定就不用跑到山区去，也不用打冰球，而且以后都不用再为这些事操心了。我跟安德鲁只要随便拿出几块钻石或者绿宝石，就能让"骨头"别来烦我们。我们也可以给安德鲁买一张去人类小镇的单程票。

　　不管怎么样，我一定要先打开安德鲁的箱子，苦力怕得给自己留好余地。

　　我刚刚想到，昨天早上我一个人待在自己房间里的时候，我本来有一个开箱子的绝好机会。可结果呢？我光顾着生气跟心疼自己了。虽然我生气的时候还写了一首挺不错的说唱歌曲，但……

　　安德鲁刚跑出去和苦小帕打冰球了，所以，没准现在我可以找个什么东西把锁撬开。我马上回来！

　　完蛋！我刚刚偷翻抽屉找苦咪的宝宝叉，被妈妈逮住了，然后我就被她拉去帮忙打扫房间了。我都忘了末影人一家今天晚上要来我们家吃饭的事。所以……我的"撬锁计划"暂且搁置。

别走开，这事还没完……

第十三天：星期天

　　打出"乌龙球"确实是一件很丢脸的事，但让末影人末艾迪跟我家人见面对我来说简直是种羞辱。我担心的每一件事都发生了，甚至我没想到的事也……

　　先是吃晚饭前，苦泰跟安德鲁说不要去看末影人的眼睛。据她说，眼睛是他们的命门，不能碰的。看末影人的眼睛会让他们不舒服，有时还会让他们变得暴躁。

　　碰巧这话被爸爸听到了，于是他又添油加醋，把"不要看末影人的眼睛"这事提升到了一个全新的高度。我们坐下来开始吃晚饭，爸爸想不看末影夫人眼睛的同时把土豆递给她，结果把一盘子土豆扔到了她的腿上。这头开得可真不错，老爸，太感谢了。

然后苦小·帕就开始向末影夫人请教关于主世界历史的问题，她说："您教历史，末影夫人，说不定可以帮我爸和安德鲁解决一个他们争论的问题。"

　　争论？要我说，她太夸张了吧。

　　但老爸来劲了，跟末影夫人说了他那个版本的主世界历史——你知道的，就是怪物先来，人类后来。接着，安德鲁轻声说了他那个版本的故事（我猜他有点怕饭桌前的末影人）。然后，苦小·帕就用眼睛直勾勾地盯着末影夫人，问："那么，到底谁说的是对的？"

　　我看向末艾迪的眼睛（现在我已经不怕跟他对视了），然后转了转眼珠。我是想提醒他，跟苦小·帕做兄妹不是我自愿的，但他只是微微笑了笑，一脸淡定。这不奇怪，因为他是末艾迪。

然后末影夫人礼貌地回答说，其实这么久以前的事，我们谁都没法准确地说出事情的真相。妈妈也来帮忙解围，几句话就把话题转移开了。

但苦小·帕根本不想放过这个历史问题，她就像一条咬住了骨头的狼狗。"主世界第一个活的人类是HIM吗？"她问末影夫人。

我差点被猪排噎到。

据说，HIM是一个死掉的矿工（人类矿工）的鬼魂，一直在主世界游荡。他的眼睛闪着白光，脖子歪着，脑袋还会抽搐，是个超级可怕的家伙。在饭桌上聊聊倒也挺有意思，只不过HIM其实并不存在，这所有人都知道！显然，除了苦小·帕。不管我试图打断她多少次，她一张嘴还是HIM。

"HIM是编出来的！"我假装咳嗽，说了一句。

苦小·帕听到了，还在桌子底下踢了我一脚。

"HIM只是一个传说，亲爱的。"末影夫人表示同意，"能把胡萝卜递给我吗？"

苦小·帕把胡萝卜递了过去。然后她又来了："你觉得呢，安德鲁？"她问："你见过HIM吗？"

安德鲁摇摇头，然后开始擤鼻子，还擤了两次。可能他是希望苦小·帕能心领神会，不要再说了。

　　但是她没有停下。"你没看到过那些迹象吗，安德鲁？"她还在说，"没有叶子的树……"

　　安德鲁开始扒拉自己盘子里的胡萝卜。

　　"呃，行了，苦小·帕，现在是冬天，"我提醒她注意事实，"所有的树都没有叶子。"

　　"那么那些总是突然出现的萤石塔呢？"她没理我，继续说，"HIM就喜欢造萤石塔，这你知道。"

　　呃，这倒引起了我的思考。我的意思是，安德鲁确实很喜欢他那块萤石，那么他会不会跟那个传说中的人类HIM有什么关系？我偷偷瞥了一眼安德鲁，他正弓着背，缩在自己的椅子里。

但是，苦小·帕的话还没说完。"HIM甚至还能控制动物，"她提高声音说道，"能让它们做任何他要它们做的事情！"

这下，我的猪排是真的卡在喉咙里了。我都不敢看安德鲁，因为仔细一想，他确实能影响动物啊！说不定，他控制了"黏糊糊"。说不定，安德鲁就是被HIM的鬼魂给附体了！

"而且他还会用陷阱抓怪物，"苦小·帕冲我眯起眼睛，继续说，"HIM会给我们这样的怪物设陷阱，为了偷我们的东西。"

我已经被呛得喘不过气来了，末艾迪一闪，瞬移到我身边，猛地拍了一下我的背。一大块肉从我嘴里冲了出来，飞过桌子，落在了苦咪的盘子里。

苦小·帕皱起鼻子，感觉我是她这辈子见过的最恶心的怪物。那么苦咪呢？呃，她"咯咯咯"地笑了起来，笑得东倒西歪。然后，这个嘛，你知道然后会发生什么。

没错。"咔——轰！"

末影夫人瞬移离开了桌子，还差点撞翻一盆仙人掌。然后她说他们得回家去遛狗。可怜的妈妈满头满脸的火药，还问末影夫人要不要带块猪排回去给末艾迪的狼狗"珍珠"。

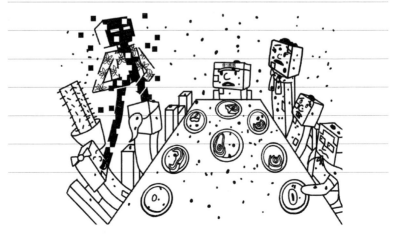

但末艾迪说，"珍珠"只吃骷髅的骨头。

你瞧瞧，这就是为什么我喜欢末影人末艾迪。"骨头"和他那些蜘蛛骑士朋友都不敢招惹末艾迪。为什么呢？因为他的狼狗要是肚子饿了，"啊呜"一口，就能把他们吞进肚子。

末艾迪一边往门外走，一边跟我说："星期一见，杰拉德，还有你，安德鲁。没准这个星期我可以来试试你们的冰球场。"

呃，这又是什么情况？末艾迪竟然知道我们有个冰球场？而且，他居然还想打冰球？

我不知道自己应该激动还是惊恐。我是说，我希望末艾迪看到的是我的高光时刻，而不是四仰八叉地趴在冰上，一路滑进我自己的球门。

所以，趁安德鲁还没来得及跟末艾迪定下打冰球的具体日期，我就赶紧把末艾迪推出了我们家大门，再挥手跟末影夫人说再见。然后，我就去帮妈妈扫火药了。

不过说实话，接下来的后半夜我一直盯着安德鲁。因为苦小·帕说的那些关于HIM的事让我越想越觉得身上发毛，我已经开始痒了。我是说心痒，现在我迫切地想多了解一点安德鲁的事。

还有那个箱子，我真想知道那里面到底装了些什么。

第十五天：星期二

我有没有说过我讨厌星期一？

是的，我很讨厌。如果一个星期只有6个晚上，我完全可以接受，这意味着一年会少52个晚上。如果这些晚上都要上学，我会很高兴跟它们说再见。当然，这只是我的想象……

是这么回事，这个星期一的晚上始于"梆"的一声。不是苦咪爆炸时你会听到的那种声音，而像是安德鲁的宝箱盖砸在我鼻子上的声音。

事情是这样的：安德鲁去洗澡的时候没有把箱子锁上。我本来还没发现这件事，但我刚巧经过的时候脚趾头撞到了箱子的盖子。结果，箱子竟然被我踢开了！于是我一头扎进了箱子里，想看看里面到底有什么。刚好就在这个时候，安德鲁回来了，他冲过来就把箱子"砰"地关上了。

哎哟！

我的鼻子跟河豚一样鼓了起来，而安德鲁连一句"对不起"都没说，只顾着追问："你到底在里面找什么？"我就说："我不知道。你到底在里面藏了什么？"然后，在去学校的路上我们谁也没跟对方说话。

但苦小·帕可没闲着。我这个孪生魔头妹妹发现一说起HIM，安德鲁就会浑身不自在。结果可想而知，一路上苦小·帕都在不停地念叨HIM。

　　她指出每一颗没有叶子的树，还在沼泽附近发现了一座莹石塔，这座塔我从未见过，好像是一夜之间从地底下冒出来的。后来，我们碰到了一只流浪猫。苦小·帕说："你不想驯服它、把它带回家吗，安德鲁？你和HIM不是很擅长做这种事情吗？"

要是在平时，我肯定会叫苦小·帕别说了。但我的鼻子刚刚被那个箱盖砸了，还很疼。这证明安德鲁确实藏了什么秘密，所以我任由他承受苦小·帕这一路上的挑衅。而我就在一边留心观察他，等他憋不住说出点什么。

然后，史小·木弹过来了，说他有一个超级好的消息——我们的冰球场造好了，有很多怪物想跟我们一起玩。

这只史莱姆好像已经完全忘记上次我们一起打冰球的事了。他以为我听到又有比赛了会很开心吗？他还不如直接照着我肿得像包子的鼻子来一拳。有史小·木这样的好朋友，谁还需要敌人呢？

安德鲁瞬间忘了"冷战"，跟史小·木热烈地讨论起来，你一句我一句地说着准备在星期六晚上打比赛的事。还没到午饭时间，就已经有好几个怪物来找他们报名打球了。快放学的时候，"骨头"冲到我面前来给我下战书。

　　"你马上就要完蛋了，'痒嘻嘻'。"他一边说，一边用手指骨戳我的鼻子。

　　我本来可以好好反击的，可我的鼻子实在是太疼了，疼得我眼泪都要流出来了。而苦力怕是不能在蜘蛛骑士面前掉眼泪的，一滴都不行，绝对不可以。

　　所以，我没跟他废话，而是像一个末影人一样用最快的速度"瞬移"回了家。到家以后，我可能掉了一两滴眼泪，但那只是因为一直忍着眼泪让我的鼻子更疼。

　　每次朝房间里那个上了锁的箱子看，我就会咝咝。要是我有那么一丁点像我那孪生魔头妹妹，我就会直接把那个箱子炸开，但我不是那种苦力怕。

　　爸爸说，我会用脑子而不是用爆炸来解决问题，就跟我的曾曾祖父杰拉德一样。但是说句实话，老用脑我的脑子也会累，再加上我的鼻子还很疼。其实我现在只想专注于说唱。

　　好了，我们家大门刚刚开了，这意味着安德鲁从学校回来了。也就是说，我的说唱时间结束了。

　　我得摆出"冷战"时该有的样子了。

第十七天：星期四

爸爸说，如果你做了一件特别厉害的事，那你可以得意一下。我觉得老爸说得很有道理。你想啊，要是你自己都不为自己喝彩，那还能指望谁呢？

所以我就来自夸一下我都干了些什么：

我去了趟学校的图书馆，想在那儿寻找答案——不是在夏洛克·福尔骨头或者阿加莎·苦力斯怕的推理小说结尾找到的那种答案，当然也不是在《生理科学》这类书里找到的那种答案。去年秋天我还真看过这类书，不过那次纯属巧合。直到现在，我做噩梦还会梦到那些书里的一些图片。

其实，我去图书馆是想找到能让我逃过冰球比赛的方法。目前我知道的所有关于冰球的事都是从安德鲁那里听来的。现在我开始怀疑，也许冰球只是他给我设的一个大陷阱——就为了让我丢人现眼，或者是让他自己扬眉吐气，要不就是为了证明人类比别的怪物强。

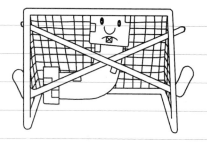

要是我能把冰球了解清楚，那我说不定能找到一个新的角度，让我可以在安德鲁最拿手的项目上打败他。

苦琳思夫人在图书馆，她总是很高兴看到我走进这扇门。我一进去她就说："你好啊，杰拉德，见到你可真好！今天来干什么呀？要我帮忙吗？"

既然她都说帮忙了，我就马上让她去忙了——去查人类那种叫"冰球"的体育活动到底是什么。她拿出来的书不多，但其中一本很有用，里面全是冰球运动员的照片。

我仔细地看那些照片，发现有一个人穿的队服跟别人的不一样，他的衣服上面都是条纹。他这样子有点像我那个曾叔祖，他把村里的井炸了，还进了监狱。我在一张旧的《苦力怕时报》上看到过他的入狱照，不过那又是另外一个故事了。

接着说，这个穿条纹衣服的人叫"裁判"，原来他才是手握所有权力的人。他说比赛开始，比赛才能开始，他还能惩罚违反规则的球员，射门算不算得分也要他说了算。还有一条最厉害：他不用打球！

所以我觉得，这个裁判的工作再适合我不过了。我把那本书上写的规则全部背了下来。没错，关于怎么当冰球比赛的裁判，我已经比安德鲁这辈子知道的还要多。而且我还有一件条纹毛衣，正适合当裁判的时候穿，这都要感谢妈妈和她的毛线针。

所以，就像我前面说的那样，今天早上回家的时候，我一路上都是得意扬扬的样子。而现在呢？我一心只盼着星期六晚上的比赛快点开始。

放马过来吧！

第十九天：星期天早上

我不能把星期一从我的日历上抹掉。为什么？因为妈妈不同意。

日历这种东西向来都是由家长掌控的。没有经过妈妈的同意，一只小苦力怕是不可以有一丁点儿自己的计划的。

比方说，这次冰球比赛的时间定在了今天晚上，学校里的每一个怪物都知道这事，所有人都计划好了，而我却犯了一个错误：我没有把比赛的事告诉妈妈（呃，其实是安德鲁犯了这个错误）。结果，她已经给我们安排了别的事。

昨天晚上吃晚饭的时候，她跟我说，今天晚上我们还要聚餐。

她是认真的吗？

你肯定以为两次聚餐之后，妈妈应该已经吸取教训了。这种跟别的种类的怪物交往的方法，根本行不通。但她说，这次她请来的是非常特别的客人，是个惊喜，我跟安德鲁最好老老实实地上桌坐好，否则这辈子都别想再上桌了。

所以，昨天晚上到学校以后，我让末影人末艾玛发了个紧急通知：冰球比赛可能会比原定时间稍微晚一些，要等吃了晚饭以后。

但愿大家都接到通知了，不然的话，妈妈就得在饭桌前多加几排座位了。

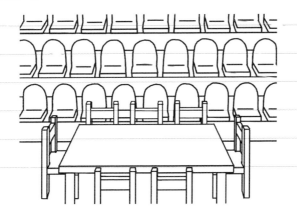

第十九天：星期六晚上

家长永远都在状况外。就算"状况"从天而降落到他们头上，爸爸妈妈也还是看不到它。如果有人当街免费送门票，邀请他们到"状况"里去，我妈肯定会说："啊，不，谢谢，我们不去。"

来"状况"里吧！

所以，猜猜妈妈今天晚上请来吃饭的是谁？我是认真的，你猜猜看吧。

不是苦力怕，不是僵尸，也不是末影人；不是女巫，不是史莱姆，也不是僵尸猪人；不是猪，不是鸡，也不是马；甚至连人类都不是。

她请来的是骷髅，而且还不是一般的骷髅。天哪，一旦她折腾起来，干的错事总是特别经典，不撞南墙不回头。

妈妈请来跟我们一起吃晚饭的是"骨头"和他爸爸。

她给我的特别"惊喜"就是让怪物学校最凶狠的坏蛋头子坐到我们家的饭桌前，跟我们一起吃饭。

我猜想，"骨头"的爸爸跟我爸爸是同事，有一天他们聊起来，发现"骨头"跟我是同学，然后……呃，你懂了吧。

"骨头"进门的时候，看起来跟我一样惊讶，至少有一秒钟是这样。但吃晚饭的时候，他一直咧着嘴笑，那几根手指骨也开始抽搐，好像他已经等不及利用这次机会来狠狠地戳我了。

而我经历过前两次聚餐，心里已经知道，我家人一定会给他送上很多话题。

吃过晚饭以后，妈妈一脸和蔼可亲地说："杰拉德，要不你跟安德鲁一起带'骨头'到你们房间去玩吧？"她居然用了这个词——"去玩"，好像我们要去把苦咪的苦力怕娃娃都翻出来，开个茶话会之类的。

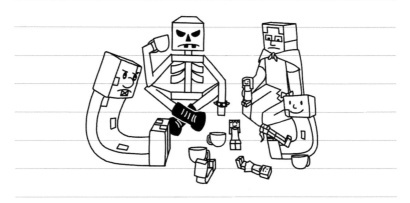

"妈妈，我们还有个冰球比赛。"我用我最强硬、最坚定的语气提醒她。

于是，她叫我别忘了"穿上毛衣和我的保暖内衣"。好极了。

让我先把话说明白：苦力怕是不穿内衣的。但是当妈妈热衷于织毛线的时候，她织了各种各样的东西，可都是些本苦力怕到死都不想穿的。

我们一进房间，"骨头"就原形毕露了。看到五斗橱上的萤石，他就说："哦哟，好可爱的小光源啊！'痒嘻嘻'跟'鼻涕撸'是不是白天得亮着灯才能睡着啊？"

我开始呕呕了。看到"骨头"用手指戳"黏糊糊"的鱼缸，我知道我必须做点什么了——而且要快。

"能不能给我留点隐私？"我说着，一手抓起我的毛衣，一手把"骨头"和安德鲁推了出去。

"你是要穿你的保暖小内衣了吗，杰拉德？""骨头"柔声细语地说。

我很肯定，我看到安德鲁的嘴角抽了抽，就好像他也觉得"骨头"说得挺好笑的。行吧，"鼻涕撸"和"骨头"，你们俩想怎么好就怎么好吧。我受够了。

我当着他俩的面，"砰"的一下关上了门。"黏糊糊"鱼缸里的水都被震得"哐当哐当"晃了几下，还溅了几滴出来。

117

现在，我正重新看我的计划，并且努力控制自己不要爆炸。

我不停地提醒自己"是我在掌控全局"。我是裁判，如果有人犯规，我才是能让球员退赛的人。射门算不算分得由我说了算，所以我才是那个决定谁输谁赢的人。

问题是，我还没决定好我想让谁赢。"骨头"是我的死敌，但最近这段时间，我跟安德鲁也不能算是朋友，兄弟就更算不上了。

不过有一点我能肯定：比赛总会有输的一方，而这一次，输的那个绝对不会是我。

第二十天：星期天早上

求，你，别，问。

我不想说。

要不然，我们可以聊聊人生有多么不公平。比如，裁判明明应该手握重权，可结果根本不是这样。被冰球场上所有的怪物一起联手对付的裁判，根本一点权力都没有。

要不就聊聊，某些怪物明明应该是你朋友，比如僵尸啦，史莱姆啦，末影人啦，可他们决定去跟一个折磨了你三个星期的人类联手，你想想这滋味有多不好受。

　　或者，为什么一只苦力怕明明已经打定主意不打冰球了，却还是有冰球砸到他的脸上，而且嘴都被砸肿了，说话还大舌头。

　　不过，要是我们真的聊上面这些，我还不如索性把比赛的事一五一十地告诉你，趁我还没把它永久地埋葬在我的记忆深处。

　　事情是这样的：

　　·首先是开球。"骨头"和安德鲁滑到球场中间，我抬手把煤块扔在他俩的球棍中间。安德鲁一球棍打在了

120

煤块上，把球往球门送，而"骨头"一球棍打在了我的腿上。

　·安德鲁把球传给苦小·帕，然后末艾迪瞬移到球门那儿接到了苦小·帕的传球。"骨头"的一个蜘蛛骑士朋友用胳膊肘去捅末艾迪，于是我就喊"判罚"，喊得特别响，但球场上所有的怪物都无视我。

· "骨头"带着煤块往球场另一边的球门跑，但那个球门是史小·木在守，他那巨大的绿色身体几乎把整个门都堵住了。煤块撞在史小·木的身上，弹飞了。大家都朝史小·木欢呼，只有我没有，因为一想到上次冰球从史小·木身上弹回来的事，我的鼻子就隐隐作痛。

· 僵格接过煤块往球场另一边送，"骨头"抄起了他的剑——不，是球棍——冲僵格挥去。"挥棍打人！"我

喊了起来，没人理我。"举棍刺人！"我提高了嗓门，还是没人理我。"绊人！"最后这个有点夸张，但我也不是乱喊，"骨头"的球棍击中僵格的时候，僵格跟跄了几步。

·"骨头"转向我，冲我喊了一句我无法重复的话。"行为不当！"我喊道，"去禁闭区！"禁闭区就是绵羊"袜子"的羊圈。我们真应该把禁闭区设在下界，不过"骨头"才不会在乎，因为反正他不去。

·"骨头"截了僵格的球，朝我滑过来，然后来了个大力射门。

·一个时速一百六十千米的冰球射进了我的嘴里。

·我吐出一口血，决定把"骨头"赶出赛场。

· "骨头" 举起他的骨头手，放在耳朵后面，说："你说什么，大舌头？我听不懂！"

· 苦小·帕哈哈大笑起来。

· 比赛在没有我的情况下继续进行。没有人——我妹妹、我最好的朋友史小·木、算是我朋友的僵格，还有我最酷的朋友末艾迪，没有一个来看看我有没有事，也没有一个站出来为我说话。他们什么都没做！

他们还在外面玩，而我坐在自己的房间里，疯狂地咝咝。

这一切都要怪一个怪物。

其实他还不是怪物。

他就是安德鲁。

我那么尽心尽力地帮他适应怪物学校的生活——帮他做造型，帮他想绰号。我想让他少流点鼻涕，还去查找他对什么过敏。我还帮他造了那个破冰球场，就为了让"骨头"觉得他很厉害，能多尊重一点这老弟。那么，安德鲁都做了什么来感谢我呢？

他来我的家，住进我的房间，侵入我的生活——还抢走了我的一切。他用他那块讨厌的萤石控制了我的房间，用他那种神秘的力量控制了我的鱿鱼，就像HIM一样，用他那破冰球控制了我最好的朋友，抢了我们家后院，还狠狠地打了我的脸。

现在，我不是疯狂地嗖嗖，而是疯狂地沸腾。滚烫的岩浆在我的身体里"噼噼啪啪"地翻腾，我要爆炸了——我能感觉得到。

随时，都有可能爆炸。

第二十天：星期天晚上

我是一只信仰和平主义的苦力怕。

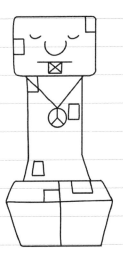

我总是用脑，而不是用爆炸来解决问题。

至少我一直都是这么跟自己说的。今天我也一直在跟安德鲁这么说，但是他不肯听。

这可能是因为他所有的东西上面都落了一层火药，也有可能是因为他的萤石被炸成了碎片，要不就是因为他的宝箱被炸开了。

    这么多天以来，我一直挖空心思想知道那箱子里面有什么。而现在呢？我只希望自己什么都没看到。我希望我能把时间倒回到怪物学校交换生计划开始的时候，然后全部重新来过。我肯定不会像之前那样做，而是做我的曾曾祖父杰拉德会做的事情。

    但是，我永远都不会有这样的机会了。

    那个宝箱里根本就没有什么财宝。没有钻石，没有绿宝石，没有武器，也没有盔甲，只有一些让安德鲁可以时时想起他家农场的种子，还有一张报纸。

    那张报纸已经很旧了，纸都发黄了，我自己都很惊讶它竟然没有在我爆炸的时候被烧掉。箱盖一被炸开，我就看到了那张报纸，它被折得方方正正的，在箱底跟我"面面相觑"。

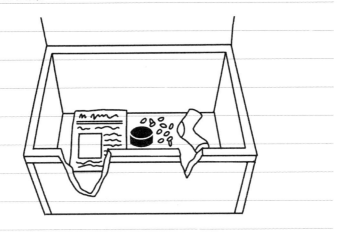

　　曾曾祖父杰拉德正用他的眼睛审视我。报纸上有一张他的照片，标题是"和平的苦力怕热情好客，同样欢迎人类参赛"。

爸爸以前给我看过关于那场赛事的报道，是讲第一届主世界运动会的。曾曾祖父杰拉德创办了这个运动会，目的是让不同种类的怪物——甚至人类，一起参加一场友好、和平的竞赛。

我前面说了，曾曾祖父杰拉德崇尚和平。他是一个素食主义者，养猪是为了骑，而不是为了吃。他会回收火药来制作烟花。他还会去做义工，帮忙把别的苦力怕炸掉的房子重新修好。我猜，肯定有很多报纸报道过我的曾曾祖父。

但为什么安德鲁会把这样一张报纸放在自己的箱子里？他是要捉弄人、笑话谁吗？

结果，唯一闹笑话的是我。

安德鲁看到他的东西被我弄成这样，就开始大哭起来（也可能是火药让他犯了过敏症）。他说，那张报纸就是他会到我们家来的全部原因。他爸爸妈妈看了这张报纸，认为既然我们是曾曾祖父杰拉德的后代，那我们肯定也是崇尚和平的苦力怕，所以我们肯定会对安德鲁很好，会让他觉得自己在这里很受欢迎。

　　"呃，这些你为什么不早点告诉我呢？"我呦呦着说。我的意思是，早点让我知道可能还好点。

　　安德鲁说，本来第一天吃晚饭的时候他就想告诉我。"我以为你们都是素食主义者，跟你曾曾祖父一样！"安德鲁说，"可你们听说我不吃猪排以后，反应都很奇怪（吸溜，吸溜）。所以我就想，也许你们并不像你曾曾祖父（吸溜，吸溜），也许即使我提起他，你们也不会高兴，阿嚏。"

　　安德鲁抹了一把鼻子，又说了些什么，但是现在我只听到自己良心的声音，它正不停地对我说："你真失败，杰拉德。你真失败，杰拉德，你真失败！"

　　因为我不仅让安德鲁失望了，还让我的曾曾祖父杰拉德失望了。我就是因为他才有了这个名字，而且爸爸总说，我最像曾曾祖父了。

　　行了，我知道了。我一直没对安德鲁太友好，也没让他觉得自己有多受欢迎。我一开始对他还挺好，可是，后来事情变得有点复杂了，我就把安德鲁扔进了"狼群"（至少是扔进蜘蛛骑士群）。

所以现在，我正用整个晚上的时间来想想我都干了些什么。妈妈让我待在自己的房间里，不许我出去，但其实她不需要这么做。我的心情很低落，压根就不想离开房间，虽然这里已经不剩什么了，从那场爆炸里幸存的只有"黏糊糊"的鱼缸和那盆小·破仙人掌。

"黏糊糊"用鄙夷的眼神看着我，好像还嫌我不够内疚似的。它倒是对安德鲁很好，看到安德鲁也总是很开心。就连"黏糊糊"都表现得比我更像曾曾祖父杰拉德。

我也疑惑了，也许将来我会被移出苦力怕家族的族谱吧。

但那又怎样呢？

还不是我活该。

第二十二天：星期二早上

这么说吧，安德鲁已经成为怪物学校的新一代英雄了。

原来，在星期六晚上的冰球比赛中，他们队打败了"骨头"和那帮蜘蛛骑士。我没去问过比赛结果，这都是听说的。而当时我一直在忙着炸自己的房间和我在这个主世界拥有的所有物品，还炸了点安德鲁的东西。

但是我知道一件安德鲁不知道的事："骨头"从来不会善罢甘休。要是他想整垮安德鲁，那他一定不达目的誓不罢休。如果这条路走不通，他就会换另一条路。

所以我想跟安德鲁说小心别被人暗算。可是，他为什么要听我这只苦力怕说出来的话呢？现在他已经跟史小木一起玩了，跟僵格更是一副好哥们儿的样子。可能是打冰球让他们的关系更亲密了，他们居然在商量周末再进行一场冰球比赛。

但这次我不会再当裁判了，不会了。我准备躲在暗处观望，就像一个想变成僵尸但又没变成僵尸的怪物一样。给我来个腐肉三明治，好吗？因为我现在可以很肯定地说，现在当一个僵尸也比当小苦力怕杰拉德好。

唉。

第二十四天：星期四早上

像僵尸又不是僵尸会有如下体验：

当所有人都把你当空气的时候，你就会听到很多没人知道你已经听到的事。比如，你听说下一场冰球比赛结束以后，他们会一起开卧谈会，地点很可能就是你家，却没有一个人来邀请你。

然后你还听到，有一伙骷髅会采取行动，不但会在比赛的时候对你朋友（准确地说，是前朋友）下狠手，还可能准备破坏比赛后的卧谈会。你还听到了具体的细节，比如动用"火矢"和"蜘蛛"。这些有骨没皮的坏蛋可不是闹着玩的。

你还想方设法把你听到的这些告诉你的朋友，但是，当你像僵尸的时候，没有怪物会听你的。

　　"安德鲁，"从今天早上放学后到现在，这是我第三次说这句话，"你得取消冰球比赛，'骨头'和他那一伙要玩狠的，肯定会有人受伤的。"

　　但他只是瞪着我，抽了抽鼻子，最后说："要是你想玩，杰拉德，那你就来玩好了。没人会不让你玩的。"

　　天哪！

　　你明明是想帮他的忙，他却想歪了，以为你说这些都是为了你自己。

　　于是我又跟苦小·帕说："让爸爸妈妈去说，这个周末不能让别的怪物睡我们家。'骨头'那伙坏蛋要来捣乱。一定不能让大家留下来一起睡。"

但苦小·帕的眼睛都亮了。是这么回事儿，这丫头碰上事儿的时候是从来不肯让步的——哪怕是要打架她也不怕。"那就让他们来啊。"她嗞嗞着说，听得出来，她来劲儿了。

所以，我去找爸爸妈妈了。相信我，不到最后关头，我是不会走这一步的。我不是那种有事没事就跑去告状、揭发我朋友或者我死对头的怪物。但现在这种情况，就好像有一个巨大的雪球正冲我们家滚过来，而我是唯一一个能看到它的怪物，也是唯一一个能让它停下来的怪物！

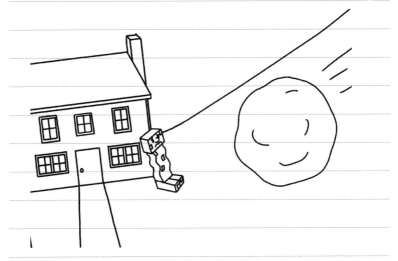

"妈妈，"吃早饭前，我跟妈妈说，"安德鲁想再搞一场冰球比赛，但我知道这场球赛最后的结局一定会很惨。你能让他们别搞这场球赛吗？求你了！"

但她只是用一种感伤的眼神看了看我，说："杰拉德，你真的应该跟安德鲁和好。去向他认个错吧。"

　　什么？

　　于是我又跑去找爸爸。我爸爸经常能救我于危难之中。

　　但这次他不救了！

　　听我讲完后，他抓起一根冰球棍说："其实你只需要重拾信心就行了，儿子。来，试试打那个煤块。"

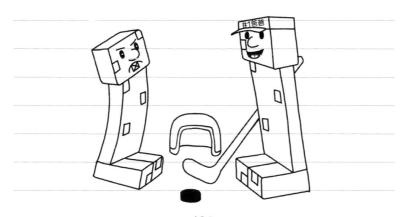

啊！

现在我最不需要的就是我爸来给我上冰球课。这句话我可能还说出口了，然后我就气急败坏地冲出了车库。

所以现在，我放弃了。这一次我真的是想尽了一切办法去保护安德鲁。但是，没有人听我的。

算了，反正也不关我的事。

那些无关紧要的煤屑，爱掉哪儿就掉哪儿吧（妈妈常这么说）。

第二十四天：星期四早上
（我又来了）

我，睡，不，着。

我一把铅笔放下，它就自动跳回到我的手上，这么来来回回了好几次，就好像它在求我赶紧写一个计划出来似的。

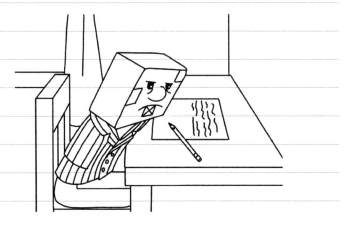

但其实我已经制订过一个计划了，一个让安德鲁看起来更酷、更强，让怪物学校的怪物们都不敢欺负他的计划，一个钻到那个箱子里去看看安德鲁还有什么秘密的计划，就是找点能让"骨头"一伙对安德鲁肃然起敬的东西。

但是，这些都行不通！

所以，你还想要我怎么样呢，铅笔先生？哼，你行你上啊！你来教我啊！

第二十四天：星期四晚上

哎，我这脑子啊，一定不能瞎想。

后来我好不容易睡着了，结果却做了一个超可怕的白日噩梦。这都要感谢我的妹妹苦小·帕。

在梦里，HIM冲我飘了过来，那家伙长得真是太可怕了。我第一眼看到的是他的眼睛，它们像豹猫的眼睛一样发着光，然后，我看到他歪着的头在抽搐。然而，当他越走越近……近到一伸手就能抓到我的时候……我突然发现，那根本不是HIM。

而是安德鲁。

我肯定是大叫着醒过来的，因为安德鲁扑了过来，他以为我出了什么事。但是，看到他那张脸，我更害怕了。他的眼睛在发光吗？他的脖子是不是歪的？就算只有一点，那也是歪着的吧？

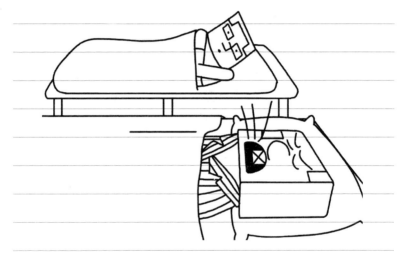

太恐怖了！以后我看安德鲁的眼神绝对不会跟以前一样了，这真不是夸张。要是"骨头"一伙看到我刚才在梦里看到的情景，他们肯定这辈子都不敢再招惹安德鲁。

那家伙根本就不需要冰球棍或者装满财宝的宝箱。他可是有HIM在背后撑腰呢。

第二十六天：星期六

 我试着警告过他们所有人，但他们现在还在后院打冰球。我的意思是，如果那也称得上是打冰球的话。

 "骨头"骑着一只蜘蛛登场了。他那帮兄弟都拿着剑，而不是冰球棍。所以球场现在看起来更像是战场。

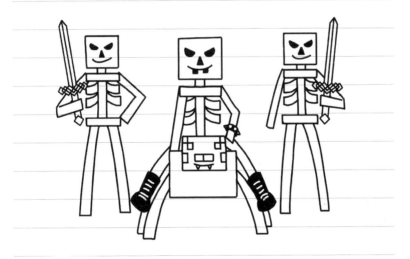

 虽然我知道接下来的场面不会太好看，但我还是没法不去看。

 "骨头"挥剑击球，把冰球往球门送，却没有人来拦截。谁会拦他呢？看到"骨头"拿着剑冲过来的时候，就连史小·木也马上从球门前弹开了。蜘蛛骑士队得一分。

现在安德鲁拿到了球，但你猜骷髅队的守门员是谁？居然是蜘蛛！

平时安德鲁很擅长跟动物打交道，但碰到这只蹲在球门前的红眼睛怪兽，安德鲁还是冒汗了，这我能看得出来。就连我都冒汗了。光是看着那毛腿怪兽，我就浑身发痒。

蜘蛛伸出一条毛茸茸的腿把安德鲁绊倒了。现在，它居然在把安德鲁往球门拖！

我不敢看了。

我要出去吗？要去喊爸爸吗？我都不知道该怎么办了！

还好，安德鲁死里逃生了。呼！

我一定要继续记录，这样，要是我的哪个朋友从此不在这个世界上了，我就能告诉全世界这里到底发生了什么。我要写一篇人人都不得不看的新闻报道，然后把那篇报道剪下来，放在安德鲁的大木箱里，送回给他的爸爸妈妈。我会抽泣着跟他们说："对于你们儿子的事我很难过，他是个好人。"

呃，我刚刚又往窗外瞥了一眼，苦小·帕正指着"骨头"的鼻子大骂。就算根本没有胜算，我妹妹也一步都不肯退让。

我好像听到她哐哐了。

错不了，那绝对是哐哐。

我知道接下来会发生什么。

轰！

　　现在我窗户外面是白花花的一片，但漫天飞舞的不是雪，而是火药，还有碎冰碴。"叮当，叮当，叮当"，安德鲁的冰球场被炸成了碎片。

　　外面安静得可怕。

　　我刚才看了一眼，场面很不好看。

　　"骨头"正骑着他的蜘蛛趾高气扬地绕场一周以庆祝胜利，史小·木伤心得化成了一摊绿色的泥，僵格拖着脚走过来走过去，好像还没搞清楚是怎么回事，但是……安德鲁去哪儿了？

　　他在那儿——坐在禁闭区里（就是绵羊"袜子"的羊圈）。我估计，安德鲁是需要一点时间一个人静一静。

　　他坐在那儿，看起来特别小，耷拉着脑袋，抱着他那根断了的冰球棍。我刚刚看到他用袖子擦了擦鼻子，不会错的，可怜的小·鼻涕虫。我想朝他大喊："站起来！把鼻涕擤了！你不可以放弃！"

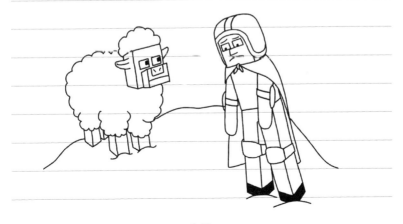

但这场比赛已经结束了。木已成舟，败局已定。

那么卧谈会呢？这个嘛，"骨头"很可能已经摩拳擦掌，盘算着他破坏卧谈会的邪恶计划。而我束手无策。

HIM的鬼魂在哪儿？现在正是需要他的时候。

我的眼前仿佛已经有了画面：安德鲁站起身，魁梧的身躯跟从前判若两人，然后，他抽动着脖子，瞪着一双闪着森森白光的眼睛，拖着脚向"骨头"走去。"骨头"肯定吓坏了，一个倒栽葱从他那只恶心的蜘蛛的背上摔下去——要真能看到这一幕，让我出多少绿宝石我都愿意。

可是，正如我一直跟苦小·帕说的，HIM并不存在，也不会来救我们。

除非……

哦，天哪！如果你是一个像小·苦力帕杰拉德这样绝顶聪明的人，你就会知道，天才的灵感真的会在不经意的时候突然冒出来。

天才的灵感

我会告诉你我想到的是什么，不过现在没有时间了。
我得先去找那个能帮我实现计划的苦力怕：

苦泰。

第二十七天：星期天

我觉得，要是曾曾祖父杰拉德能看到今天发生的事，他一定会为我骄傲的。

今天早上留下来开卧谈会的是一群垂头丧气的怪物。冰球场没了，安德鲁伤心得流鼻涕，比平时流得还多。那孩子都懒得去擦了，就让它这么流着。

史小·木扁得跟被摊平的煎饼一样。僵格都提不起劲去剥他的痂和水疱了。

就在这个时候，我跟他们讲了我的计划。

是这样，我已经知道"骨头"会在天快亮的时候来捣乱，我们要么跟长在木头上的蘑菇一样，坐在这儿傻等，要么就行动起来，先下手为强。

下面就是接下来发生的事：

"骨头"来了，很好。我听到了他用长长的指甲抓我房间窗户玻璃的声音。要是在平时，这声音准会把我吓死。可今天呢？我等的就是他。

史小·木跟僵格也很配合，演得跟真的一样。我们一起蹑手蹑脚地走出去，假装"调查"这抓挠的声音是从哪里来的。

"是HIM吗？"我冲史小·木咝咝得超级响。

史小·木不停地扭过来扭过去，好像真的受到了惊吓。"我……我不知道，"他说，"希望不是！HIM连我们的思想都能控制！"

"他在这儿——"僵格发出了"嘎呜"的声音，还真像那么回事，"我能够——感觉到！"

　　就在这个时候，"骨头"从矮树丛后面跳了出来。"哈！你们完蛋了！"他张开手指骨，举起来冲我们摇晃。"哦哦哦，我乃HIM，我要控制你们的思想了！哇哈哈哈哈。"他用手指骨拍着大腿骨，就好像我们是他见过的最悲惨、最可怜的怪物。

　　这个时候，安德鲁行动了。

　　他从黑暗中飘出来，浑身上下都像下界的凋灵骷髅一样发着光。他的眼睛是白色的，头倒向一边的肩膀，一抽一抽，一步一步向"骨头"逼近。

"安——德鲁？"僵格叫了起来，"是——你吗？"

"不——不对！"史小·木带着哭腔喊道，"那是HIM的鬼——魂！"

"安德鲁就是HIM！"我跟着嚷嚷。

安德鲁还在抽搐，他发光的眼睛一直盯着"骨头"，两只脚继续朝他迈步，一步又一步。

终于，"骨头"顶不住了。

我从没看到过这个运动健将这么慌张。他全身的骨头都在响，我都以为他的骨头要散架了。我还在盘算，这下我们可以给末艾迪的狼狗"珍珠"带一大堆骨头了。

但"骨头"咬牙挺了过来，他朝山上跑去，一路号叫着、哭喊着。

安德鲁哈哈大笑起来，然后我们大家都笑了。我这才发现，不知不觉中安德鲁已经又变回他自己，虽然那一身白色的颜料还没有擦掉，向苦泰借的会在黑暗中发光的隐形眼镜也还没有摘掉。

就像我说的，我觉得曾曾祖父杰拉德会为我骄傲的。我想到了这么一个和平的办法来救安德鲁——或者说，是帮安德鲁救他自己。

而且这感觉比把我自己的房间炸成碎片好多了。

第三十天：星期三

我们刚刚到家，今晚是安德鲁在怪物学校上学的最后一个晚上。大家给他在食堂开了个欢送会，所有的怪物都来了，呃，除了"骨头"那一伙。"HIM事件"发生后，"骨头"就一直对安德鲁避而远之（任务完成）。

我差不多把我三十天计划上的每一项任务都完成了。比如，我对冰球确实更了解了；苦泰帮我为安德鲁打造了杀手的形象——把他化妆成HIM；我也确实打开那个上了锁的箱子，而且还真的找到了宝贝，只不过不是我预想中的那种。

不过，我一直都没有发现安德鲁究竟对什么过敏，直到今天早上……

是这么回事，我一直把那张报道曾曾祖父杰拉德的报纸放在五斗橱上。安德鲁收拾东西的时候，那张报纸从五斗橱上滑了下来，掉在了地上，刚好背面朝上。巧合的是，那张报纸的背面全是讲过敏症的，上面有这么一段：室内植物上的霉菌会导致流鼻涕和打喷嚏。

你知道我在这篇报道的配图中看到了什么吗？仙人掌。

我马上就把仙人掌指给安德鲁看了。我们俩都觉得，要是清掉几盆仙人掌，妈妈应该不会反对。

原来安德鲁跟我一样不喜欢这些破仙人掌。真没想到！看来我们还是有一些共同点的。

你瞧，我们俩都喜欢大家在一起过夜。最近这几天我们还都对HIM很感兴趣。要是安德鲁再多待一两个星期，也许我们会找到更多的共同点。没错，这种可能性非常大。

接着说妈妈。妈妈看到安德鲁收拾行李，马上就眼泪汪汪了。然后她说自己正在安排新的聚餐，时间也是星期六的晚上，而且这次她请的客人非常特别。

听到这个消息，安德鲁一脸惊恐。我也一样。所以，刚才说的共同点可能得再加一条了：我们都怕妈妈星期六晚上的聚餐。可接着，妈妈又说，这一次她要请的"特别的客人"是安德鲁和他的家人。虽然人类小镇挺远的，但他们还是愿意来。太棒了！

所以，我应该有更多的机会见我那老弟。也许等他下次来的时候，我跟爸爸已经把那个冰球场收拾好了，我们可以重新开赛了。当然也可能就不折腾了。不过，不管有没有冰球场，我跟安德鲁肯定都能找到好玩的事情一起做的。

或者，什么事都不干，就一起待着也行。

你懂的，就跟亲兄弟一样。

The Creeper Diaries series by Greyson Mann, illustrator Amanda Brack
Mob School Swap (The Creeper Diaries #8)
Copyright © 2019 by Skyhorse Publishing
Published by arrangement with Skyhorse Publishing,Inc.,New York,U.S.A.
中文简体字版权归上海高谈文化传播有限公司所有

[皖] 版贸登记号：12201977

图书在版编目 （CIP） 数据

交换生 / （南非）格雷森·曼著； （南非）阿曼达·
布莱克绘；孙玮译 . —合肥：安徽科学技术出版社，
2022.1
（我的世界·苦力怕上学记）
ISBN 978-7-5337-8169-9

Ⅰ . ①交…　Ⅱ . ①格…②阿…③孙…　Ⅲ . ①儿童故
事—图画故事—南非—现代　Ⅳ . ① I478.85

中国版本图书馆 CIP 数据核字（2021）第 237317 号

[南非] 格雷森·曼 / 著
JIAOHUAN SHENG　　　　　　　　　　　　　[南非] 阿曼达·布莱克 / 绘
交换生　　　　　　　　　　　　　　　　　　　　　　　　孙玮 / 译

出版人：丁凌云　　　选题策划：张 雯 高清艳　　责任编辑：周璟瑜
特约编辑：金 羽 沈 睿　责任校对：李 茜　　　　责任印制：廖小青
封面设计：陈忆航　　　内文设计：叶金龙
出版发行：时代出版传媒股份有限公司　　http://www.press-mart.com
　　　　　安徽科学技术出版社　　　　　http://www.ahstp.net
　　　　　（合肥市政务文化新区翡翠路 1118 号出版传媒广场，邮编：230071）
　　　　　电话：（0551）63533330
印　　制：安徽新华印刷股份有限公司　电话：（0551）65859551
（如发现印装质量问题，影响阅读，请与印刷厂商联系调换）

开　本：635×900　1/16　　印张：10　　插页：4　　字数：200 千
版　次：2022 年 1 月第 1 版　　　2022 年 1 月第 1 次印刷

ISBN 978-7-5337-8169-9　　　　　　　　　　　　　定价：22.00 元

版权所有，侵权必究